戀愛，
請設停損點

廖輝英 著

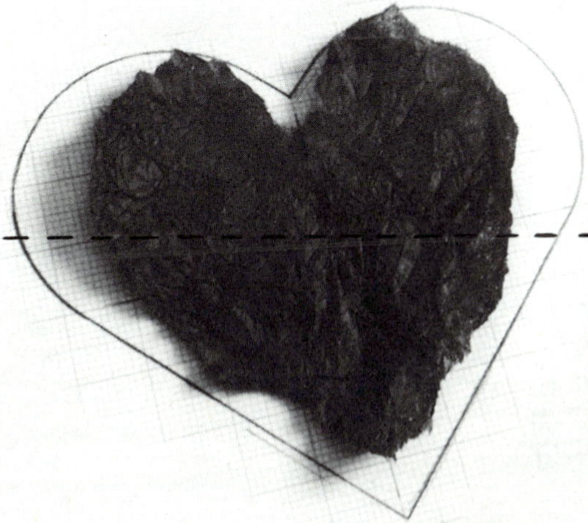

目錄

愛情篇

分手愛自己 069

婚姻篇

相處有哲學 117

離婚新生活 163

愛情篇

愛情來敲門

第1計 知道珍惜，才能看見對方的價值

前言——到底是真愛還是盲從？

有句俗諺說：「嫌貨才是買貨人。」意即真正有意願購買貨品的人，才會嫌東嫌西、挑三揀四的。無意購買的人，因為不會真正掏錢去買，所以也就無所謂的草草看過，連品頭論足都懶得。

這句俗諺或許有它的道理，不過用在愛情上，好像就不是那麼有分寸。尤其現在很多年輕人，談戀愛往往先「一被子」（即先上床做愛），再想要不要或能不能一輩子在一起這件事。也就是先聽從身體或慾火的需要，撐得夠久，再來考慮要不要結婚。也因為上床太容易和過分快速，根本沒機會認清對方就發展出表面上很親密的關係，無法說分就分；

如果不小心遇到恐怖的危險情人，一旦想要談分手，只怕後果就堪慮；即使並非恐怖情人，但關係太久，縱使不適合結婚，要分手也會增加難度。不過本文重點不在討論這個面向；我要講的是：愛情沒經過相當時日的觀察和接觸，沒有某一種程度的認識，或缺乏累積性的喜歡與欣賞，也許就會有基礎不夠穩固的問題，擋不住其他人未必中肯或適當的三兩句不經意的批評，甚至連不經大腦的玩笑話，都可以輕易中傷這份「愛情」。

這些中傷，有時是經由手機拍照的傳達造成，算是科技加人為共同合作的後果。

怎麼說呢？

手機開始有拍照功能之後，戀愛中的男孩，流行用自己的手機幫女友拍照，一方面表達愛意，另一方面可以輸人不輸陣、在眾好友（當然是同性好友）聚會時，拿出來互相炫耀。本來或許都自認自己眼光獨到，把到的馬子很正；可一攤到眾人眼皮底下，有人口德不好，一張口便毒舌連環炮：

「喂喂，你馬子的眼睛太小了吧？看起來就是雙眼皮貼貼出來的假大眼！你有沒有看過她卸妝後的真面貌？」

「以現代女性的標準來看，她的胸部會不會有點不夠看？」

「不是我愛說，她的鼻樑是有點平，這算致命傷吧？」

「會不會長得太肉了？臉有點大……」

任何人都不可能完美到毫無缺點，尤其真人和照片之間還存在很大的距離，加上批評者和被批評者之間如果從未見過面，批評者更能隨心所欲大放厥辭，到底還不算認識，尚未謀面講起話來絕對更毒千百倍。

女友被批評的人，為了表示風度和不在意，即使當場不曾發飆，甚至還跟著眾人打哈哈悶混過去，但散伙之後，回想起來，很少不受影響的。有些人較有定見，對自己女友的愛意比較堅定，而且兩人相處融洽，看女友越看越順眼，一段時間過去，逐漸淡忘這種鳥事，或許就沒被同儕的惡意給影響。

但也有本身耳根子軟，易被閒言閒語影響者；或對女友愛意不夠，不曉得自己究竟愛她什麼地方的人，感情受到影響。

案例——朋友毒舌．女友中箭

爲什麼妳不是雙眼皮？

阿堅與女友阿毛的感情，就是從這裡開始發生一些莫名其妙的波折。

阿毛稱不上頂尖美女，但皮膚白皙、臉蛋小巧，尤其一頭烏黑秀髮，更增添她的整體魅力。

阿堅本來也不挑剔她的細長眼睛，平常阿毛出門或上學，會花上很長的時間化妝；尤其是眼睛，雖然用的是切割好的雙眼皮貼，但因為內雙的眼皮常因睡眠狀況、飲水量多寡、前晚有否哭過等種種因素產生變化，每次黏貼很少一次就ＯＫ的，相反的，有時經常「手氣」不順，每次貼都差那麼一點距離，不是眼尾吊起太高，就是兩條舊線重疊；要嘛貼過的眼太小，要嘛眼皮寬度頭尾不平均，有時特別不順時，前前後後用掉三、四條貼紙還沒辦法完成；時間就會多耗上一、二十分，這時就會有拖累阿堅一起遲到的危險。何況單眼皮的阿毛，眼部化妝真的是考驗她技術的大工程：貼好雙眼皮之後，接下來開始上三層不同顏色的眼影，再來還得貼兩副假睫毛，這也相當程度考驗著化妝技術。進行到這裡如果都算順利，接下來距離完成也還有一段很漫長的路途：上睫毛膏、畫眼線、畫眉毛；抹口紅、上唇蜜……在所有這些之前，當然還有另一層打底功夫：化妝水、乳液、小臉乳液、防曬係數五十的抗老ＢＢ霜、粉底霜、蜜粉、腮紅……林林總總加起來，如果加上著裝穿衣、內搭褲等等全部弄妥，最保守估計，沒有五十五分鐘出不了門。偏偏兩個人為了省房租，租在離校約四十分鐘機車車程的地方。動作慢、害兩人遲到或吃交通違規紅單，變成吵架的最主要原因。

這一天，阿毛又在磨蹭，長時間停留在和眼睛奮鬥的化妝上。阿堅越看越心煩，蹦出一句：「妳何不乾脆去開雙眼皮算了！」

阿毛化妝的動作停了下來，當場沒說話，從此「他嫌我眼睛小」的念頭便上了心。往後半年，兩個人有心或無意的為此事吵了好幾次架；有時明明吵架的導火線是別的事，但吵呀吵的，最後總要非常激烈的吵到「雙眼皮」這件事上面。

暑假的時候，阿毛忍著心疼，動用打工攢來的一萬八千元，加上阿嬤贊助的一萬兩千元，去動刀開了雙眼皮。術後兩個半月，真正看出手術的成功，可能是加開眼頭的緣故，阿毛第一次覺得自己長得和韓國少女時代的主唱有幾分神似——她不後悔開雙眼皮，但卻開始懷疑阿堅愛的到底是不是真正的她？他們剛認識時，她就是單眼皮、就長原來那個樣子，如果他不喜歡，幹嘛追她？如果他只是受那群同儕影響，那也未免太沒主見了！這種個性，難保他未來不會見異思遷。想來想去，都教人不安也不快。

既不喜對方長相，怎可能真心愛她（他）？

雙眼皮事件過後的第二學年，阿堅和阿毛的情侶關係又勉強維持了兩個多月，最後終於分手，原因是阿毛劈腿，愛上新男友。新男友其實沒比阿堅條件好，只是阿毛走不過之前的雙眼皮事件，覺得阿堅因朋友的戲言要她去開雙眼皮，顯然不夠愛她，那點怨恨和被嫌棄，促成了她的劈腿；然而，被背叛的阿堅，在女友離開以後，才發現她的種種可愛，也才覺得從前自己是不是沒有珍惜過她？幹嘛嫌她可愛的單眼皮？

但是，愛情已經走遠，顯然並非伸手可及，阿堅足足鬱卒了一學期。

而阿毛和新男友章友和的蜜月期也沒維持太久，許多歧異，如果沒有大熱情，真的難以為繼。

但這些都不是致命點。

真正難以忍受的是章友和喜歡大胸脯女郎，而且毫不掩飾。交往兩、三個月之後，阿毛才發現他這癖好。有次他們去吃晚餐，並肩走時，她注意到他兩眼直視迎面而來的女生；那女生面貌七十分，但胸部可以給九十五分——大而豐碩，形狀漂亮。章友和實在看得太誇張了！眼光直視，脖頸甚至上半身，隨著女生的走位而扭轉，臉上還出現老色狼才有的完全不要臉、不掩飾的噁心表情。

阿毛忍不住用力推了他一下！恨道：

「怎麼？那麼可口？」

章友和躁著臉自清：

「哪是啊！只是她好像我國中一位同學。」

「什麼地方像？胸部啊？」

「妳好噁心！」

「你才噁！活像個老色胚！」

兩人在那餐晚飯前便不歡而散，而且展開一星期的冷戰。復合以後，阿毛發現雖然手還牽著，但自己的心卻已破了一個洞。

那之後，章友和並沒有改掉愛看大胸脯女性的毛病，只是收斂著做。兩人並肩走時，他只用眼光追隨對象，身體不動；女生走過，他會藉口彎到一旁看店家櫥窗或商品，避免引起阿毛不滿。

阿毛把一切看在眼裡，雖不言語，但心如刀割，覺得章友和一遍一遍當著她面、用肢體表達他對她的嫌棄與冷落。

等不到畢業，阿毛便提出分手；一直到畢業後，做了兩年半的事，她都沒再交男友。

畢業第三年，阿毛存了二十出頭萬去隆乳，手術後痛不欲生的按摩和推拿撐過去，她開始能理解很多女性為什麼花大錢拼小命去隆乳；卻也更不懂男人為什麼不愛真品愛贗品？慢慢的，她更能好整以暇，辨認迎面而來的女人是真胸還是假胸？

唯有愛情，卻是越來越難懂了！

廖老師的建議

關於愛情，我們很容易被自己的感官和身體所騙。對方的美麗、性感或英俊瀟灑，一下就讓身體產生反應，陷入激情或迷戀——可怕的是我們以為那就是愛情，一頭栽下不知回頭。

其實，真正的愛情關乎當事者的個性、責任感、慷慨與仁慈等等具有核心價值的質素，這些才能帶給雙方快樂與相對的幸福。但我們常常迷失於要求對方具有俗世的美麗外表，殊不知，所有大同小異的人工美，到頭來會像大量製造、一體成型的人工娃娃一樣，廉價、庸俗、取得容易而個個相似，那才是人間的噩夢！

真正的愛情，是能看到對方的價值，不管是外表或內在，懂得欣賞、知道珍惜，不人云亦云、不隨風起舞，在千萬人之中，看到他獨特的美麗。

第2計

訂立愛情的最低保障額，別太快失守

前言——別不好意思說「不」

近些年來，由於過度開放、觀念錯誤、行為偏頗、思想過激、實際年齡或心理年齡太輕、身心不成熟等種種原因，社會上演出了太多荒腔走板、以愛情為名的「荒謬劇」，以致汙染了愛情的令名，並造成為數眾多的傷害事件，也誤導年輕人對愛情的正確觀念。

過去我用了很多案例，闡述健康的愛情觀和人生觀，希望引領青少年朋友在談情說愛的階段，能面對現實、保持最起碼的判斷力，盡量減少不必要的創痛和傷害。

但有些明明很簡單、很容易辨別、很方便實行的措施，在卯起來愛的時候，往往看不到、不想做、不敢拒絕、不好意思說「不」，結果一而再再而三的讓自己「失守」，造成許多傷害和劇痛；到頭來，這些「犧牲」與讓步，非但不能保全或裨益愛情，反而成為損傷愛情的殺手，令人更加扼腕。

案例——香榕的故事

香榕的故事就是一個典型的例子。

剛上國中的香榕，透過同班同學惠中男友邦俊的關係，認識當時已經二十四歲的秋水。秋水與邦俊曾是快遞公司的同事，前者已離職，現在跟著他表叔學做水電。

秋水不算帥，但練過身體，看起來很man；又因為不多話，所以給人酷酷的感覺。從沒談過戀愛的香榕，大約在第三次約會時便委身給秋水，其實也談不上委不委身，秋水硬的來，第二次在郊外就直接扒開她上衣、拉掉拉鍊，香榕著實抵抗了一下，結果他就將沒做完的事延到下一次約會，軟硬兼施的做了。

三個月以後，大姨媽本來很準的香榕，居然慢兩週還沒來；她有點不信邪，和秋水才做過六、七次，而且許多次「算起來」應該都是安全期，怎麼可能會懷孕？其中有一、兩次冒險沒戴套，喔，其實不是她想冒險，而是秋水無論怎麼樣都不肯戴套子，他說那樣感覺差太多！更真實的情況是：秋水從來沒準備要用套，他從不買，也從不準備，一副我就是崇尚自然的嘴臉，卻給人很自私的印象，只可惜這種印象，卻不致壞到讓香榕討厭他的地步；而且每次香榕抱怨或擔心時，他還猛說風涼話：哪那麼容易中獎？很多人都不孕，就他們會猛到一碰就懷孕？騙誰啊？

秋水就是這樣，不是壞脾氣，但十分彆拗，我行我素，什麼事都照自己的意思做，不太聽人家意見。就像上床這種事，每次見面就非做不可，也不管她的心情和身體狀況，有一次她的大姨媽還沒結束，秋水硬要，讓她感覺很不好……

除了身體的因素之外，香榕也覺得談戀愛最少該有一些用「談」的部分，而不是只有做愛這麼直接的動作，每次向秋水反映，就被潦草以對：「妳們女孩子就相信這些有的沒的，告訴妳，什麼談情說愛，最後還不就這回事？妳不做這件事，根本就不會懂男女的事，戀愛最終也就是上床，不然妳跟我說還有什麼？談談談，一切都是紙上談兵，有屁用？」

香榕才國中，很難有力的與秋水辯論，所以只能這樣無可奈何的照著男友的性子「戀愛」。可是畢竟只是個國中生，沒有特別的性知識，大姨媽沒來，能打商量的也只有惠中這個同學了。聽到香榕的情況，惠中不禁皺眉：

「怎麼會這樣？」

香榕覺得自己有點委屈，這種事，即使是對最好的朋友告解，也會不好意思；可是惠中的樣子卻有點怪罪香榕似的，讓她心裡很難受。

惠中看香榕的神色不對，改口說：

「我不是怪妳，但這種事對女孩子有多傷妳根本不曉得，我媽說墮胎的療養幾乎等同於坐月子，可見那是很嚴重的；何況妳現在才十四、五歲，如果妳繼續和秋水做下去，他都不做任何保護措施，那會很危險的，我媽說十幾歲二十幾歲是最容易受孕的年齡，所以一定要好好防範——」

香榕冷不防問了惠中這個問題：「那妳和邦俊都怎麼避孕？」

惠中不太高興香榕反將她一軍，問敏感問題。不過停了一下，她還是照實回答：

「邦俊很保護我，我們到現在為止，根本還沒做過那件事。我沒想到妳那麼快就和秋水做了……其實介紹你們認識之後，我就後悔了，當時並不知道秋水有發生過一些事，是後來邦俊才告訴我……」

香榕狐疑的追問道：

「發生什麼事？妳說清楚呀！說一半反而教人擔心，到底什麼事呀？」

「好像是什麼詐欺之類的事，我也不是很清楚……邦俊原來和秋水是同事，後來發生了詐欺的事，秋水被公司辭退，才回去做水電，否則工作好好的，何必辭職？秋水很喜歡在外面跑、看看街面、交交朋友……總比做水電好──」

「秋水跟我說做快遞沒幾個錢，早出晚歸、工作累得像狗，但做水電是有一技之長，如果好好做很有出息的，他叔叔的一個朋友就靠這技術移民美國，輕鬆賺美金，比在那邊上班還好。」

「他既然這樣說，就表示他有想過，我是不知道啦，妳自己要判斷，看要不要和他繼續交往下去？我也不希望害妳……」

那天回家之後，香榕下定決心要去買個驗孕棒驗驗看。除了是否懷孕這件事讓她很煩惱之外，秋水犯了什麼詐欺罪這件事也讓她頗煎熬。她是不太懂什麼詐欺罪啦，但既然是罪就不好，何況是用詐術騙人家……秋水才二十四歲，這樣是不是不太好？可是她又和他這樣了，到底怎麼辦才好？

過了兩天，香榕買了驗孕棒，按照說明書的敘述狀況看來，好像是懷孕了，可也不十分確定；加上前些天惠中說了那些事，讓她很不舒服，因此她上網去密惠中，正好她也在線上，香榕因此向她請求：「妳媽上次生妳小弟是在哪家醫院？如果是做那個手術要多少錢？還有妳說秋水犯了什麼詐欺罪、被關多久？幫我問一下邦俊，拜託了。」

兩個人在網上來來回回聊了一陣，惠中後來問到醫院，但不知多少錢？不過，她特別強調秋水應該負責，一定要找秋水出面出錢，因為他是香榕肚子裡那孩子的爸爸；至於秋水曾犯過什麼罪，邦俊不但不肯告訴惠中，反而把惠中臭罵一頓，說她多嘴損傷他和秋水的友情云云。

這件事在之後的第三個星期六，由秋水出面出錢帶香榕到惠中講的醫院去墮胎，在病歷表上，香榕填了虛報的年齡二十歲，並忍受著術後子宮強烈收縮的劇痛，在那個暫時躺了半小時的復原病床上，一邊流淚一邊覷著站在一旁類似無感的秋水時，香榕仍舊年輕的心，流過一絲絲對眼前男友的恨意。

和父母的對抗

墮胎以後的兩個星期，香榕難得的強烈拒絕秋水的觸碰，流產手術的身心巨創，對於男友的懷疑與小小的嗔恨，讓她表現得像隻刺蝟，老實說，她覺得秋水隨便將她攀折了，她很在意自己還未遇上他的那一段少女歲月。而且她更不喜歡惠中在之前對她說的什麼嬰靈怨念的鬼話，如果她相信這些，那她要如何像沒事人般的活下去？

因為墮胎事件，非常離奇的折損了她和惠中的友誼，本來是好友兼介紹人的惠中，幾個晝夜間成了高她一等的純潔少女兼有智慧和判斷力的女孩，而她卻在一次手術後蒙塵了，再也乾淨不起來。她很想知道秋水犯案的始末，但沒人告訴她，變成猜測的焦點，如芒在背煎熬著她。她變得更加孤獨了，彷彿這是變調人生必須的路，原本還算優異的成績，也伴隨著增加的約會與壓力逐步落後。

她不曉得父母是如何破解她電腦的密碼，總之，在一個她藉口晚歸的夜裡，父母兩人守候著她，開口詢問秋水的事，他們知道他在哪裡工作、是何許人、犯過什麼罪；還知道她為他拿過小孩。

媽媽說：「一個男人如果真正愛妳，不會在妳這麼小、什麼都不懂的情況下，忍心讓妳受這種苦。他並不愛妳，只想享受妳的青春肉體。」

爸爸說：「妳未成年，他將妳肚子搞大，我可以讓他坐牢。」

本來香榕也沒覺得秋水有多好，但父母和全世界都反對她，她和秋水就成為唯一的革命伴侶、互相依靠的情人，必須團結起來抵抗全世界！因此她用自殺要脅父母：如果秋水被告，她就死！如果父母不讓她繼續和秋水交往，她就離家和秋水遠走高飛！

廖老師的建議

廖老師給香榕父母的建議是：所有他們擔心的事情都已發生，要整治秋水並不困難，但挽回盲目抗爭的女兒卻有些棘手。目前最要緊的是應該讓香榕知道父母對她真誠的愛心，包容她、也關懷她，慢慢靠近她，先從教她保護自己著手，如果一定要和秋水在一起，至少要服避孕藥，不再讓自己受傷。甚至可以帶她到廟裡燒香懺悔墮胎之過，讓她心安、驅除心魔。總而言之，當務之急是給她更多愛和包容，過度苛責反會將之趕往錯的人那裡。

讓香榕體會父母愛她之心，培養出香榕的自尊與自信、自愛，或許香榕會認識真正負責任的愛情，終而找到「回家」的路。

第3計

慌也沒用，結不結婚，時間會給答案

前言——女性的婚或不婚

前陣子有兩項針對女性對於已婚、未婚的各項調查發表，較早的是英國所發表，特別針對年歲較大、終身未嫁的女性提問：未婚究竟快不快樂？結果居然有超過六成的受訪者覺得終身未婚非常不快樂。這結果讓許多擁護婚姻的女性振振有詞，一時之間似乎也坐實勝犬、敗犬論調的堅實度。

不過，只隔三個星期，教育部委託師大副教授林如萍和世新大學民調中心調查民眾對結婚的看法，卻發現了幾個有趣的現象：第一，女性比男性更不愛結婚（這是因為，在婚姻中，有極大的比率是女性必須比男性犧牲更多、付出更多，而得到的幸福感較少的緣故）；第二，雖然有六成八的女性認為結婚是人生大事，但認為結婚比單身好的女性則不到五成。更重要的第三點是：六成女性和三十九歲以下年輕世代都不認為結婚比單身快樂。

為什麼我會認為第三點更重要？因為，年輕世代代表的是未來台灣社會對於婚姻的態度。

截至目前為止，根據主計處的調查：二十五到三十九歲適婚年齡人口中，仍有五成五的男性和四成二的女性都仍未婚。初次結婚的年齡也不斷提高，去年男性初婚年齡是三十一點八歲，女性則是二十九點四歲，與十年前相比，男性延後兩年，女性延後三年。

對於這項調查的幾個現象，有數家媒體希望我能分析一下。

不婚或晚婚，代表結婚的誘因太弱或結婚的條件不足。調查中，發現女性比男性更不愛結婚，原因不外幾點：首先是經濟問題，現代社會，雙薪家庭是主流，唯有如此，才能支應家庭與生養子女的開銷。但是，當國家缺乏完善的托育制度，女性生育子女的同時，必須馬上面對親自養育或委人照顧的兩難局面，不是中斷自己的職業生涯（五年、七年後要重出江湖時，往往已失去戰場），就是放心不下、不忍心託付他人，這對女性都是極殘忍的選擇。

其次，雖然時代改變，但結婚在台灣的現況，仍然是女性付出較多的局面；這也代表女性必須面對蠟燭兩頭甚或三頭燒的局面。

再者，雙薪家庭，只有大約五成的男性願意將大部分薪水拿出養家；但卻有八成女性，必須將所有的薪水拿出養家，顯然女性必得付出更多。

最核心的問題應該是現代家庭脆弱的本質——也就是離婚率的昇高，讓女性對婚姻卻步。

至於究竟是結婚快樂或單身快樂，我認為是個案問題。君不聞婚姻專家對各種婚姻狀況的嘲諷？他們說：「會結婚是因為失去判斷力、會離婚是因失去耐力、會再婚是因失去記憶力。」

單身或結婚都不簡單，兩者都有一定的困難度：結婚必會有相當程度的犧牲與必要的磨合；而單身必須做好各種生活與心理的準備。一個人不管想要何等生涯，都不可能渾渾噩噩、船到橋頭自然直的「順其自然」就會得到好結果，明確的認知與認真的學習，至少可以讓自己選擇的生活方式過得更好，這才是影響快不快樂或幸不幸福的關鍵。

案例一——
被年齡追趕的結婚壓力

二十九歲很想結婚的羊羊，遇上二十六歲、還不想結婚的男孩子。她不想逼婚，卻又覺得等下去自己風險太高，遂在合或分中徘徊：羊羊的情路有些坎坷，並不是因為交不到男友或沒有結婚機會，也不是被甩或對象太差，但幾次戀愛下來，不是傷人就是被傷，陰錯陽差，如今面臨頗為尷尬的局面。

羊羊第一次和多年好友A交往，他就像李大仁的真實版，兩人交往順利。二十七歲時，他求婚被拒，因為她不想那麼早結婚，所以提分手。他很傷心，但還是有風度的祝福她。

二十八歲時和B交往，一認識就一拍即合，他是第一個讓她想結婚的人；他也在交往兩個月後提議結婚——兩個人開始看房子、拜訪雙方家人；同時也開始爭吵，去年一整年都在吵架中度過，羊羊也因身體拖壞而住院、請長假在家休養，最後終於分手。

這打擊讓她頓失信心，更懷疑是否因甩了A，才遭到報應遇到B？在一年內，身邊好友相繼結婚，參加了十多場婚禮後，她開始慌了！想要結婚安定下來、想要家、想要生小孩！

然後在不久前遇到二十六歲的C，他懂事上進，兩人在一起很快樂，但她想結婚，他卻還有許多夢想要實現，等下去風險太高，長痛不如短痛，所以她提了分手。

但，提分手對不對？這個人是對的，不應該放棄……

廖老師的建議

我認為，羊羊太信任感覺，很容易就陷入情網，而且常常識人不明，包括：拒絕A，和B死纏爛打，太快向C逼婚！三人一開始都被她認為是Mr. Right？如果A是真愛，結婚可以緩議，何至於必須分手？而B想必有點難纏；她不夠愛A，錯認B。

二十九歲有什麼好慌的？慌也沒用！還不如放慢與男人進入親密關係的腳步，在享受身體感官的快樂之餘，也不忘以理性的眼光審視妳的男伴。這才是最重要的。

案例二——請放慢感情的腳步

四十二歲的凱倫小姐來信說：透過網路交友認識住在美國喪偶六年、育有兩名成年子女的五十八歲林君。交往之初即向他表明是以結婚為前提，獲他首肯認同。

林君平均三個月會回台與她相聚，感情持續加溫中。他兒子有女友尚未成婚，女兒單身與林同住，他說小孩大了、經濟也規劃好，他已自由且無煩惱。聽起來都像認定她了。

然而去年十一月他與兒女一起返台，卻未讓他們與她見面。他也曾說要讓凱倫與他在台的姐、妹、弟弟見面，最後又爽約，說「結婚是他自己的事」。凱倫驚醒，發現是否自己太一廂情願？他對結婚似乎沒訂時間表。她是要痴痴等下去？還是要設一個停損點？好煎熬唷。

廖老師的建議

感覺上林君像把她當對象了，但卻不安排家人與她見面；他的生活過得充實，人又淡定。而她第一次談戀愛，很想早點結婚，偏偏急驚風遇見慢郎中，想說要不要表明「不結婚就不再交往」，卻怕他真的說好。可再等下去會不會等不到一個結果？

有時候談戀愛就會碰到這種步調不一的對象，比較急或愛得比較多的一方通常比較辛苦。我在想，是否在熱情漸退時，讓他發現了什麼引起猶豫的事件或原因？或是他目前的生活，真的好到讓他不想有所變動？我猜測，原先肯定的態度已經鬆動。

妳如今最好的對策，不是去做什麼，而是不做什麼。也就是，不再將生活的重心放他身上，讓自己忙碌一點。淡定的維持聯絡，觀察一陣子。這段感情，或許變淡、或許轉濃，完全在他身上；妳可以著墨的地方不多，不必特意去斷交或催婚，抱持開放的態度，等待也是一種磨練，重要的是把生活過好。常常時間會給答案的，急也沒用。

第4計

不因習慣與寂寞接受一段感情

前言——該止步的警訊

俗話說：「烈女怕纏郎」，尤其是乖乖女。生活單純、日子單調，追求的人，很明顯不適合，但因有些寂寞，慢慢會覺得有個人陪也不錯，日久成習慣，竟然也變成男女朋友。

但再處久一些，對方認為生米煮成熟飯，不知不覺就露出真面目：小器、事事計較、沒有疼惜和照顧，婚前就顯現出婚姻中最忌諱的兩點大缺點：不仁慈、不慷慨，這表示結婚以後，女方得不到丈夫的經濟付出，更得不到照顧和疼愛。這就是該止步的警訊。何況有個厲害和計較的婆婆，規矩和生活方式全得照他們家的，沒得商量，一點小錢都計較

——女孩真沒腦，不必進門就知道後面是什麼日子，對方擺出那種「願者才來」的高姿態，妳為什麼非得和這人結婚？

案例——只想找個人結婚

十七歲半工半讀的冬冬，經人介紹認識二十八歲的職業軍人呂萬生，交往一陣子，冬冬一直沒有戀愛的感覺，生怕耽誤以結婚為前提和她交往的呂萬生，因而在電話中提分手。

不知不覺就被「圈」住了

冬冬雖然明白告訴呂萬生要分手，但呂不為所動，還是每天打好幾通手機、電話給她，即使冬冬不接，他也會留話，說兩句自己的近況；放大假時，他更不遠千里到台北店裡找她，冬冬的上班地點固定，除非蹺班，不然也就無從躲起，所以呂順理成章等著她下班一道走，幾次以後，單純、心腸軟、兼又生活圈狹窄的冬冬，最後也就自然的又和呂萬生走在一起，無可無不可的終究成為男女朋友。

真正在一起，冬冬才發現兩人之間還真大不相同。雖然賺得不多，不過冬冬待人對己都算慷慨，她有一度吃素食減重，經常買來夠全店同事吃的鳳梨、各色青菜，或熬煮整鍋蘿蔔湯、冬瓜湯等與大家共享，出錢出力毫不吝惜。而呂萬生卻非常節儉，節儉到可以算是小器的地步了！他每個月薪水只留下三千元自用，其餘全部匯進他寡母的戶頭，從開始有薪水就這樣，從未變動、也從不過問他母親錢的用途，甚至到今天為止，戶頭究竟有多少錢他也不知道。

每次約會，呂萬生都請冬冬吃滷肉飯，最多切一盤油豆腐，認為這樣已夠豐盛。有一次，冬冬想吃排骨飯，即使還在追求階段，呂萬生也毫不客氣的堅持不幫冬冬付帳，叫她吃自己的！而且自此以後，就依照這個模式，除了滷肉飯，只要點別的，冬冬就只能自付，別無寬貸。

他從不送禮物，一起出遊，冬冬看到什麼小東西，即使只有百元，他也不肯買一個送她。第一次到她家拜訪，他兩手空空大剌剌登門，不認為沒帶伴手禮有任何不安或不妥。

冬冬必須心虛的私下替他對父母開脫：

「他很早就沒有父親，很多人情義理都不懂，所以不曉得第一次到我們家要帶伴手禮，下次我一定跟他說——」

媽媽沉默了兩分鐘，才說：

「既然妳自己說了，那我也把妳爸對他的不滿說了吧。剛剛他在大廳裡見到妳爸進門，我明明對他說那是冬冬的爸，他卻拿兩隻眼睛死瞪著妳爸，既不知點頭致意，也不肯開口叫聲伯父什麼的，別說他是來追我女兒的，就是一般人到了別人家，難道不懂最基本的禮貌要打個招呼嗎？他是傲慢還是沒家教？」

呂萬生的第一次拜訪之旅，可以說是失敗之至！不僅讓冬冬雙親對他印象大壞，而且從冬冬家出來，兩人馬上大吵一架，第二天再吵一次，緊跟著冷戰十天才又勉強和解。冬冬儘管知道呂萬生不是合適的對象，但既無法認識別人，又敵不過分手的寂寞，一天拖過一天，不知不覺就已拖過冬冬高職畢業那年。

呂媽媽給的震撼教育

也就在六月畢業季剛過，呂萬生把冬冬帶回家——宜蘭縣的一個小村子。呂家的房子就像附近很多人的房子一樣，就是鄉下地方那種被綠色田地包圍著的獨門獨戶兩層樓，簡單的水泥建築，連多餘的修飾都沒有。地坪不大，鄰居最近也在一、兩百公尺之外。呂家一樓是客餐廳和廚房，外加後面一間呂媽媽的房間；二樓則是呂萬生和他弟弟兩人的房間。

冬冬自己的家境也不好，何況她早已知道呂家的境況，所以並沒有被眼前一切嚇到。但接下來的震撼教育卻太驚人，幾乎把她嚇跑！

呂媽媽據說才五十出頭歲，不過也許因為年輕守寡辛苦過很長一段時間，看起來像六十多歲；加上她人長得瘦，不苟言笑，所以有點嚴苛的感覺。

她把冬冬叫到身邊，明明呂萬生已將冬冬的底細都交代過了，她依然從身世背景、父母職業開始問起；談到冬冬的工作，呂媽媽非常不以為然：「怎麼工作時間那麼長，一個月拿不到兩萬塊錢？」

「我是建教合作的，店裡幫我付學費，又給我工錢，已經算很不錯了！高中三年，我都沒用到家裡的錢。」

「如果一個月辛苦工作只賺到一萬多塊，那還不如待在家裡。」

「我現在畢業了，是正職員工，薪水會大幅增加。」

「那妳一個月花費多少？」

冬冬停了一下子細想：一來就嫌我薪水少，究竟什麼意思？我可還沒嫁進來哪。其次，下個月開始我每個月要加存到六千多塊錢，預計再存個幾年，滿額二十五萬元，整筆給媽媽。這種事怎能講給第一次見面的人聽呢！何況也沒有人初見面就問這麼唐突的問題吧。

所以冬冬便沒講實話：

「薪水不多，所以差不多沒剩什麼錢。」

「夭壽啊，妳一個月要用到一萬多喔——這怎麼行呢？結婚以後就要省一點，除了買菜，在鄉下地方沒什麼好花錢的，像我們這樣一家，頂多也就一萬塊錢足足有餘。將來進門，妳就是主婦，要理家，我會照著我們日常用度一個月給妳一萬，這錢算充裕了，能幹的人都能從這一萬裡省出自己的零用。」

冬冬是直腸子，想到呂萬生明明賺好幾萬，為什麼只給她一萬？對口便說：

「萬生賺很多，幹嘛只給我一萬？其餘要幹嘛？」

「家裡的錢一向都是我在管，他們兄弟兩人從開始賺錢都是這樣。妳年輕、手頭太寬，錢不能交給妳。妳現在用一萬，將來我也給妳一萬，沒虧待妳。」

「那還是您管家好了，家事我什麼都不會，我還是出去上班——」
「那怎麼可以?!娶媳婦就是要娶來做家事的，我老了，怎能一直我做？這樣會被厝邊嘲笑。反正一開始我會一樣一樣教妳，煮飯洗衣打掃，一學就會。這些工作比在外頭被人差遣輕鬆多了，又不會被呼來喝去，才賺那麼點錢，我給妳！妳乖乖在家！」
冬冬驚嚇過度，有點懷疑是否自己聽錯。後來再去他家兩、三次，呂媽舊調重彈，她忍不住問呂萬生：
「如果結婚了，你的錢不是該我管？」
「我媽管得比妳好，給她管為什麼不行？」
兩人為此又吵得臉紅耳赤，冬冬便說她要繼續上班，呂萬生衝口而出：「妳很沒用耶，做了三年，連梳頭師傅都昇不上去，老做學徒哪稱得上什麼工作？還想管錢？省省吧。」
這話傷人，冬冬扭頭要走。當時晚上近九點，鄉下地方一片漆黑，到客運站要走一、二十分鐘，呂萬生居然動也不動、攔也不攔，反而哼聲數落冬冬：「長得這麼抱歉，很安全啦，沒人會侵犯妳！」
冬冬含著眼淚奪門而出，走了十分鐘後，看不過去的呂萬生弟弟才騎著機車追上來，送她到客運站。

即便這樣，冬冬矜持了幾天，還是重修舊好。

愛不愛眞的沒關係？

一年之後，呂家急著提親，呂媽找了六個人到冬冬家，女方大聘小聘都不要，禮餅數目也不敢要多，可以說已盡量替男方家撙節了！本以為事情終於順順利利談成，誰知卻在禮餅的單價上出了問題！女方根據市場行情提出一盒六百元的預算，遭到男方否決，男方只肯出一盒三百。

一向沉默寡言的冬冬爸爸，看著女兒，只沉痛說了一句：

「我女兒又不是嫁不出去，非得這樣忍氣吞聲嗎？」

衝著這句話，冬冬不敢馬上再度退讓，和呂萬生在電話中吵。呂萬生在掛電話前吼了好幾句：

「妳為什麼這麼可惡？為什麼三百塊錢的餅不能吃？為什麼對我這麼壞？交往這麼久，只會要求，妳又送過我什麼？我學弟的女朋友，交往第一個月就送他兩萬多塊的錶，妳到底──」

冬冬拿著被掛的電話愣住了！不錯！她從沒送過貴重的東西給他，但他也一樣啊，即使一百元的禮物也沒送過，到底在講什麼呀？這個人！

只為了區區幾萬塊就砸了提親的事，不說別的，光為招待對方六個人，冬冬今天中午就花了八千塊一桌酒席錢，男方媽明知價錢卻只包了三千六百元的紅包，她連吭都沒吭一聲，好多事她都沒計較，他有什麼好發那麼大脾氣的？

廖老師的建議

冬冬和呂萬生的事，居然拖了四、五年才發生大爭議，我只能說冬冬真是太會忍、太會拖！也太搞不清楚狀況了！明明是完全不適合的兩個人，女方卻一再忍讓、不敢面對，苟延殘喘到今天，除了讓「不和」浮到檯面上之外，什麼也沒能解決！雖然冬冬爸爸發出重話，但不懂人情世故、不懂婚姻速不速配的重要因素，更不懂當機立斷的冬冬，以她的個性，一定會又委屈又無法求全的讓現況繼續下去，最後全場皆墨的結這個註定不幸福的婚。

我之所以鉅細靡遺的把他們兩人的交往情形如此詳實記錄，不是要突顯男方的節儉小器，而是要說明他們兩人成長背景和價值觀的絕大不同。一個人省到約會只吃滷肉飯的程度，完全沒有例外、不能加菜，已不是節儉能夠解釋。呂萬生也許孝順，但成家還如此，馬上就有婆媳問題！冬冬嫁過去，不能上班，不能管錢，而且馬上全盤接手全家的家事，男方並不是因愛娶妻，而是因傳統需要娶妻！男方有點搞不清楚婚姻和諧的條件，女方更是無知到接受明明有問題的這份「感情」！

呂萬生到底愛不愛冬冬？讀者可以一眼就看出來，但冬冬不行！一個人只因習慣和不耐寂寞就隨便接受這份感情，即使結婚，只怕不幸才要開始。像這樣當事人胡裡胡塗的時候，爸媽就應該盡責讓她明白狀況，太尊重她而不敢直言，害的反而是她啊。

第5計

把握相愛時刻，瀟灑面對變局

前言——愛情都會變，永保初心即可

有情有分、有緣有愛，兩人才走得下去。看起來是很普通的幾個字，不過就是愛情和緣分。可是，有時人往往會愛上如果真要結合卻困難重重、甚至其中橫亙著極大極大困難的對象，莫說要結婚了，即使能一起走多久也無法預測。譬如姐弟戀相差七、八歲，男方從未結過婚，父母等著這兒子為他們生個一男半女的；偏偏他的愛侶離過婚、有個快成年的小孩、而這愛侶已屆很難生育的年齡。或者，男女一方是有偶者，配偶不肯離婚，可另一方與「情人」卻不願分手……

局面很困難，相關者（當事人及雙方親友）都很煎熬；情侶間自然信誓旦旦，堅持到底。

那被嫌棄或闖入者，其實背負更多壓力，一方面要捍衛愛情，另一方面不免會有愧疚感，還有一方面擔心情人不知何時會放手？

老實說，咬在嘴裡的肉硬要吐出來，沒那麼簡單，也不容易。能壯士斷腕、成全對方配偶或父母的絕對很少（誰不覺得自己才是需要被成全的人？）；但背負著這種壓力的人，更擔心的其實是情人對他的愛和保證是否會長久甚至永遠？

任何愛情都會改變：變好變壞、變得像仇人或親人，或生離或死別或雙方如困獸……誰不是努力希望終老？保持這種珍惜寶愛的初心就可以了！

案例一——陪他一段

當局者迷的Julia陳小姐問：十三年前離婚、現在四十歲，獨自撫養一個就讀大學，十八歲的兒子；她和相識十幾年、但在三年前才成為男女朋友的現任男友相差八歲，女大男小的姐弟戀不被男友父母認可，但他和她很堅定要在一起，不論將來能否結婚。

只是難免會想：自己是否太自私？是否該讓男友認識年輕女性？組織正常家庭？可是她卻捨不得、放不下，怎麼是好？

廖老師的建議

什麼是正常家庭？在目前這個社會，其實也沒定論。陳小姐和男友之間相差八歲，如果有問題的話，應該是對方家長對於面子的顧忌和妳是否能夠為他生孩子的疑慮吧？在這個層面上看來，妳的男友顯然並不太在乎他父母的這些想法。

妳說你們兩人都堅定的要在一起，不管將來能不能結婚？是否表示若父母不准，你們不會結婚？

但我看這也不算問題。

你們感情要好要壞、能不能走得下去，我覺得完全在妳男友身上，他現在信誓旦旦，我當然祝福妳。我不知道他是否是個穩定的人，三十二歲還很年輕，我看過很多類似你們情況的情侶，有的真的走下去，沒有變化；有的卻發生了分手的事。那不是因為女大男小，而是愛情本來就會變。女大男小只是多了一、兩個更不確定的因素而已。

我要給妳的建議是：既然愛情正好，你們也都堅定，那就好好的走下去吧。別想太多，我們的一生，其實就是這個人陪一段、那個人陪一段，誰能自生至死始終相陪的？把握相愛的時候、瀟灑面對可能有（也可能根本沒有）的變局，人生所有的事，不就是這樣？

案例二──
遲到四十年的愛情

旅美數十年，離婚育有四位子女的程女士來信說：結婚二十八年、最小兩子女分別才十五歲和十六歲；但前夫來往中國行商早已淪陷：十四年沒回家，更不曾寄錢回來，但也沒提離婚。

直到三年前，因小三要名分或生意需錢，前夫才提離婚分家產，雙方正式仳離。離婚後，程女士透過網路與已婚大學男同學開始精神外遇，他並越洋飛美見她兩次，兩人感情一發不可收拾。

她正想退出，但他妻卻逼他搬出去且做選擇，後來又反悔，他勸服她等六年後兩人都六十五歲就一起退休，在台共度餘生（他英文不好，考慮維生和雙親及子女需要照顧撫養，所以沒打算離開台灣）。但現在三方都騎虎難下。她想知道該如何才好？

廖老師的建議

程女士應該是自尊很強且能力不弱的女性，看起來不像會成為小三。離婚後在網路上會和當年的社團同學精神戀愛，進而成為強烈的黃昏之戀，也只能說是太寂寞了，加上男方在學生時代即暗戀她、直到她出國結婚才遲遲結婚。這種說法的告白，哪個女性不會淪陷？戀情遲了四十年才發生，發生後就不可收拾。

對方的年輕妻子當然既生氣又傷心，先要他搬出去、再負氣逼他做選擇。他選擇離婚，但妻子卻又反悔不願離婚，兩人至今已分居兩年多；程女士則在愛悅之中飽受道德和良心的折騰，她覺得傷害對方的妻子，昔日同學中也有一、兩位對他們的戀情不以為然（雖然他父母及孩子都贊成他們的戀情）。

我認為傷害早已造成，現在抽身能彌補什麼？（而且捨得抽身嗎？）六年是很漫長的時間，許多事都會接受考驗。我建議妳就享受甜美的愛情，至於那些歉疚和折騰，當它是這一切的代價，都是必須概括承受的。

第6計
鬆綁關係，才能多了解對方

前言——性關係不能保證什麼

純愛都無法保證不背叛，更何況只是上床的關係？尤其一方離婚、另一方還有偶時。離婚者和無性婚姻者，乾柴烈火、雙方都需要，又有小學同學這層關係，進展到經常上床就更加方便。

然而，一方還有婚姻關係，畢竟會有後遺症。同時也得提醒自己：也許對方只想找性伴侶，即使你離婚，可能也僅止於這種關係而已，不能期望過大。

案例——妳不在，我可否與她上床？

婚齡二十三年，卻有整整十年過著無性生活的某女士來信詢問：因丈夫茹素，所以有十年時間夫妻各過各的、全然無性。支撐婚姻外表骨架的是兩個各二十二及十八歲的子女。

一年前丈夫竟然提出離婚要求，但之後也沒下文。某女士有份安定工作，認為相安無事、能過且過，所以也未回應。

誰知半年後小學同學會，巧遇當年喜歡的男生，意外得知他竟曾暗戀過她，且現在已離婚。兩人乾柴烈火，身心俱得滿足。但因各處北、中兩地，也無法朝朝暮暮。有次在燕好時，他竟然問她：她不在時，可否找婚前的性伴侶上床？

她一聽，便作態說她要退出；他竟變臉生氣，認為她給他冠上莫須有的罪名……。她完全傻眼，不知該怎麼處理這份關係？

廖老師的建議

某女士與外遇對象，說起來像十分契合。但是女熱男淡。男在北，不能「跨區」（男人為什麼連戀愛限制都這麼多？高鐵一趟一小時！女人行、男人就不行，很奇怪耶。）；女人卻拼命找時間相聚。但遠距離戀愛讓她沒安全感，偏又聽說他「之前」的性伴侶，會宣示主權令他不適；男人說目前已分手，但燕好時突問她：「妳不在時可否找她？」

其實，無偶中年男性有個性伴侶，沒什麼好指責的。問題是那女子既已分手，男人為什麼可以隨時找她「代班」？實在可疑。他可能還跟她時相往來、也可能想要探妳的底限、希望兩頭大……無論如何，事情沒妳想的單純。

而且，妳也未離婚，如何維持兩邊？我強烈建議妳先與男友鬆綁一點，多了解對方底細再投入感情，婚姻也該誠實面對。心亂感情亂，如何正確做選擇？

第7計
設定戀愛的最高消費額，停損保護自己

前言——好女人頭腦更要清楚

當好女人容易，但頭腦不夠清楚的時候，往往會吃大虧。很多痞子或浪蕩男人，發現好好呆女人很容易耍騙，不是成為他的提款機，便是成就他輕易變成愛情大騙子的最大能源。被一個浪蕩子用各種理由蹉跎十數年，再輕易以最爛的理由甩掉她，還讓她一直自問到底做錯了什麼才被甩？

真正的事實是：女人青春有限，不堪被壞男人一蹉跎便是十幾年。如果和一個男人成為情人，過了好些年，他卻依然遍找各種理由不結婚，那妳就該設個停損點、退出這絕對贏不了的戰場、另起爐灶。否則，女戰士遲早必會馬革裹屍，找不到歸途。

女人不要傻了！和妳玩了十三年還不夠，另找別的女人，說還要再玩三年；下一次再找另一個女人，還要玩幾次才夠？

案例一——Janet陳的痛苦陳述

從二十九歲到現在四十歲，**Janet**和男友遠距離（其實也不過是一個住台中、一個住南投竹山而已）談了十一年戀愛，今年六月卻因小三介入而分手。男友和離過婚的小三同居樂不思蜀，卻告訴**Janet**他不會娶小三，只是玩玩。還說他這幾年玩心很重，再給他玩三年，才會穩定下來。謊言不斷，**Janet**卻還看不開，一直問為什麼？

廖老師的建議

很多女孩子不知道，世界上有幾種男人是她們消費不起的，其中一種是拖著妳、睡妳、玩妳、消磨妳，完全無意和妳結婚，把妳從青春年少拖到人老珠黃，從很有行情拖到無人聞問，然後突然地，某一天無預警的單方面告知妳要分手，原因是出現了小三，或編一個莫名其妙像是他很累需要休息、他對妳已經沒有感覺、他認為你們基本上是不適合的……等等爛理由，非常俐落無情的斬斷一切。

被要求分手的女子即刻陷入絕境，久久走不出傷痛。不斷質問他怎能如此對妳？其實，是妳允許他這樣對妳的！妳怎能任由兩人的關係一直停在那種說不上是什麼關係的曖昧狀態？交往十幾年還等不到妳要的結果，妳難道不該做個了結——或結婚或分手？妳不拿出「要有個分曉的氣魄」，就不會有清明的結局。

像這種拖著妳騎驢找馬的男人，在戀愛世界裡，是很多女人消費不起的男人。一個女人談戀愛的最高消費額不該超過兩年，意思是交往兩年還在推三阻四無意結婚的男人，妳該考慮放手。

案例二——有些人不必等

苦於反覆不定男友的W說：她與男友相戀四年多，彼此都是對方的初戀，也是社會新鮮人。本來男友感情很堅定，但受到他老爸的影響，還有即將當兵的緣故，變得搖擺不定，說他不想太快定下來、想去認識其他的人；問他有沒有其他喜歡的人，回答是半真半假；最近甚至跟她說：如果她找到更好的人，他會放她走；找不到就繼續跟他在一起。

她認定男友最近對感情游移不定，是受到父親的影響。男友家很複雜，其父的前妻生了兩個小孩；現任妻子也生了兩個，但他還有小三。男友是現任妻所生，他媽根本沒地位，只能默默過自己的日子。小三家常有他爸的朋友，攜「伴」去那裡唱歌，儼然小三俱樂部；他爸也公然帶男友去小三那裡，耳濡目染，男友就變得怪怪的，對她的感情游移不定起來。

他飄浮不定，只有她呆呆站在原地等他；難道她真的要狠狠甩開他嗎？

廖老師的建議

以我的經驗判斷，男友都已經說「不想太快定下來，想去認識其他的人」這種話了，態度已然這麼清楚，任何人聽了都十分明白他的意思，為什麼只有妳仍不明白？還是不敢弄明白？妳還在那裡執著於：如果要找其他戀人，兩人應該先分手才對，是不是有點昧於現實？

通常戀人之間，有任何一方出現像妳男友這種狀況，大約都是對方準備出走的前兆，即使還沒有真正第三者出現，但他們的心，已從妳身上逐漸退守到較遠的地方；換句話說，他們真的想去認識其他的人。真的想離開！

我認為妳也應該離開他去認識其他真正對妳好、想跟妳在一起的人，這才是當今之計、首要之務。不要再費心揣測他的心意——動身出發，去找自己的前途和感情吧。

案例三——
這樣的愛要等下去嗎？

徬徨孤獨的Jofee問：和男友交往七年，曾經同居四年，親如家人；當時她曾問他如果父母不同意他們交往，他將如何？男友信誓旦旦，說他會告訴父母：「我有自己的選擇。」

之後，兩人因工作而分居兩地。

然後，男友以要照顧父母為由搬回老家，Jofee跟著他搬去。但男友父母卻不同意他們繼續交往，所以他獨自搬回父母住處，一開始每週去看她兩、三次，待兩、三小時。爾後他忙著創業、幫忙農事、唸研究所，一、兩個星期都見不到人，連電話也不打一通，兩人各自過活，不相聞問。

Jofee寫信要求分手，他不同意；問他如何對她交代，回答卻是：「一切等父母百年之後再說。」

Jofee還要等下去嗎？

廖老師的建議

Jofee與男友最好的時機已過，那就是最初同居的四年，之後，Jofee為了愛，一個人遠離家人、朋友、工作，跟他來到這個陌生的地方，忍受孤獨和寂寞，為了一句不負責任的允諾，每天痛苦的等待——到底等到的會是什麼？

我可以這樣斷言：Jofee在男友的眼中，重要性的排序非常後面，比父母、家人、學業、工作……都不重要！談婚事要等他父母百年之後，根本沒準備要娶她才對！他已成年，如果真的愛她，為什麼不能向父母溝通爭取？現代人平均壽命超過八十，而Jofee還有幾年青春可以等？

不要傻了！一份感情如果讓妳這樣痛苦、這樣孤獨、這樣絕望，那就是錯的！他不想分手，或許還有一點眷戀，但是，這樣自私的人，連一點點努力也不肯做，妳還能有什麼指望？

第8計

醋意氾濫，淹死愛情

前言——醋勁太大不正常

很多戀愛中的男女都有一個要命的迷思：以為愛侶經常吃醋是正常的事，吃醋代表「我很在乎你」或「我很愛你」。所以，吃醋這種事本來就是愛情的一部分。

我要說的是：愛人之間偶然因為愛情遭受到第三者的挑戰，或情人的嚴重疏忽，而被惹毛，這種有對象且真正受到威脅而造成的吃醋，適當的發作，有助於戀情導向正軌或增進，的確是「正常」而健康的。

但有些吃醋卻已達到病態的程度，令對方大感吃不消。

一般而言，過度而反常的吃醋，大多肇因於沒有安全感。沒有安全感的原因有二：

其一為吃醋的一方心中有病或心理異常，如強烈的控制慾、不敢走入正常而久遠的兩人關係、沒辦法相信對方等等，這也算是病吧。

但有時沒有安全感卻是對方造成的，例如感情已經進入相當程度，但對方卻常不報備自己行蹤、不說明自己對一些重要事項的想法、不對交往做出適度的承諾等等，這些都會引起對方不安和疑慮。

如果有一方特別愛吃醋，兩人都應仔細思考問題出在哪裡。若把氾濫的醋意誤以為是正常的現象，那問題可就大了！

案例——醋意氾濫淹死愛情

對愛情充滿疑慮的吳小姐問：接近三十歲的她，交往過幾任男友，感情本來都不錯，但一接近「關鍵時刻」，對方就發生「不值得她信任的汙點」而導致分手，有幾位甚至是交往五、六年以上的。

其中一位和她交往五、六年，已經論及婚嫁的男性，因為與他的女性遠房親戚各自騎車，一起去逛大賣場，令她抓狂而宣告分手！

像剛分手的這一位男友對她很好、支持她的每個決定，感情穩定；他好友的女友A身材苗條、常穿深V爆乳裝，化妝很到位，外表相當出色；他們四個人常一起出遊，男友曾稱讚A是不錯的女孩，這件事造成她的陰影。她雖然相信男友沒有精神外遇或出軌，但只要提到A，她就失控，而且經常無的放矢，甚至行房到一半，想到男友對A的稱讚，她可以馬上中止歡愛、心情大壞，和情人陷入僵局！

她自承如此善妒是因小時父親常外遇，她媽老帶她去找小三談判的後遺症。到底要如何克服這種善妒的毛病？

廖老師的建議

吳小姐交往過的男友，大部分是因對方做了某件事讓她覺得不值得信任而分手，只是她是個醋罈子，而且已到無可救藥的地步，經常無的放矢。

即將三十歲，要怎麼才能相信愛情、找到幸福？

愛情裡的醋意，有時是對方的行為造成，有時則是自己沒有安全感、瞎疑心使然。吳小姐因害怕進入長期的親密關係、對愛情沒有安全感，認為自己不值得別人的愛才會如此。吳小姐完全明白自己的問題，但卻無法克服，所以她所缺少的，不是點化或指明，她需要一段時間的專業諮商，我建議她去看相關門診。

第9計

任何感情都有風險

前言——有風險還是要愛，有智慧就能愛得更安心

山盟海誓、此情不渝，以現代的觀點來看，總覺像是謊言、神話或童話——過去說過這種話的人，我相信他一定沒有見識過兩性市場裡的現況：這麼多選擇、這麼容易交往、性取得如此快速而不必多想、這麼輕易就可以翻臉分手、相愛能有什麼保鮮期和保證不變心的法寶？

從來，愛情就沒什麼可以作保證的。現在尤甚。

有很多人說：對方好老實、他們好相愛，結果婚禮那天新郎卻因另一個女人缺席了！

有人問：十年前他拼著違背父母娶了離婚的她，十年恩愛後他愛上另一個離過婚的女人，

從此離開她。小三明明比她老比她醜，她想問為什麼？有人一天連趕三個男友的約會，三男心裡都只有她一人，怎會如此？

愛情本來就有風險，妳看到今天的他，卻沒看到明天的他；今天他愛妳是真，明天他變心卻也是事實！

感情本來就有風險；愛情更是多變。情海生波是現代人的宿命。但我們還是要愛，要可愛、更要自愛；也必須禁得起情海惡浪，在覆舟下保全自己。

愛情智慧最少要有兩種：識人之明和斷尾求生。因為愛就是有風險的，但它又那麼迷人！只有好自為之！

案例——安穩做小三，還是冒險求正緣？

自稱幼稚老女人的琴琴女士問：她三十五歲離婚後，做了十五年被寵的快樂小三，除了沒有名分，其餘一切都是這麼美好。她自比有如林月雲，跟他（甲）在一起，沒有尋常夫妻的現實生活折磨，只有權利、沒有義務，備受寵愛疼惜。他的妻子在美國，似乎不知先生婚外情。

現在，另一個男人（乙）出現了！十年前喪偶的五十五歲男性，高學歷、高收入、人品外貌俱佳，足堪與種種條件都好的她匹配。究竟她該繼續快樂安逸的小三生活？還是在五十歲冒險追夢、尋求人生的圓滿？

廖老師的建議

一般而言，讀者寫信問二選一的習題時，給建議的人最難的就是資訊有限，很難評斷；第二個難處是：這是當事者的人生，如果換作另一個不同個性的人選擇，結果也許完全相反。所以，這是自己的人生，必須自己選擇，因為只有妳才知自己要什麼。我只能就有限資料，提出一些風險評估，藉以提示當事者而已。

我的第一個提醒是：琴琴在沒有名分的小三生涯裡所以如此幸福，是因為元配沒有出現干擾；這種情況可能永遠保持？還是會改變？妳和甲，是否針對這事討論過？甲許妳什麼？還是兩人都掩耳盜鈴，避談此事？男人老了會回家，老婆知道會找來，最後結局不是琴琴所能決定，而是操之於別人。

喪偶的乙，條件被琴琴譽為一等一，錯過可能今生不再遇。兩人見過幾次面，雙方對彼此都有很好的印象。但結婚本就要有面對現實粗糙面的準備，在驚艷好感之後，對老來伴有什麼期待與要求？更多相處，才能更了解真相，所以需要一定的時間。

感情都有風險，甲乙各有未知部分，評估一下，妳更願意為誰冒險？

分手愛自己

第10計

終結戀情，不要求解釋

前言——就這樣分手吧

有沒有想過情侶們是怎樣分手的？

如果你曾經交過男、女朋友，曾經分手過，事過境遷偶然回想，真希望自己之前沒有這樣的經驗，往後也永遠不必再遭遇這種事。因為，如果你是提分手的人就罷了，萬一不幸是那個被提分手的人，通常都會有措手不及的倉皇和晴天霹靂之感，太突然了！根本想不到！沒有蛛絲馬跡，甚至昨天約會時都還很親密；也想不到對方會那麼狠，一通簡訊、一通電話，甚至一句「我已經沒有感覺了」就想終止長達三、四年的感情……面對這種局面，誰不會抓狂失控？

混亂的分手場面

大吵一架、互相對罵、把一輩子最難聽的話在那一剎那間全部一股腦兒傾吐出來！或者，求爺爺告奶奶、保證自己一定會痛改前非（其實事後想想，自己根本沒有犯過對方為了把你打發走而羅織的「欲加之罪」），改掉那些莫須有的罪過，不曉得當時怎會那麼沒骨氣，只為了把對方留下，什麼亂七八糟的厚顏求和手段都使得出來……又或者，你沒想到對方竟然敢對你提出分手，你對他那麼好，在一起的每一個日子，你把他的需要放在自己的前面，幾乎是滿足了他的種種之後，你才會想到自己！而他居然在享用了這麼多「供養」之後，揮一揮衣袖就要飄然遠去，一點也沒有感恩之心和愧疚之心……你怎能如此輕易就放他走？於是，你開始歇斯底里數說他的不是、你向他邀功討債，你開始生氣、開始罵他、開始陷入無邊的混亂、開始哭泣、開始完全失去風度，甚至開始打他……

也或者你和情人經歷過的分手過程沒這麼暴力和動作派，也沒有那麼激情和激動；他只是越來越常唉聲嘆氣，越來越對兩人在一起的生活產生更多不耐與不滿；越來越需要「自己一個人安靜的想一想」；越來越對你的生活習慣或生活態度有意見、多批評；越來越對你的朋友和家人心生不滿；越來越常說你給他的壓力好大，他不能肯定這樣繼續走下去好不好？越來越不時的提出「我們先分開一陣子好不好？」或「你不覺得，我們都該再想一想？等彼此更成熟再談感情？」等等這一類的鳥話。

你覺得越來越抓不住他，越來越不懂他，越來越不了解他；你覺得他越來越冷淡，身在心不在，甚至連表面上「在一起」的質和量都不想維持；你也覺得，他的秘密、他不讓你碰觸的心理和生活層面更多；從前那種無話不談的知音情況不再，他甚至像防賊一樣防你……終於有一天，你親自看見或得知另有一人取代了你當初的地位，或竟是，你終於決定放棄或試探著做一個假動作提分手，沒想到他竟欣然一口答應！然後你又後悔，捨不得就這樣莫名其妙的分開，於是這情繼續無可奈何的苟延殘喘下去，幾經各種爭執、哭求、妥協、修好再決裂，彼此遍體鱗傷又相互蹉跎了好多時間才斷交，被辜負的一方面子盡失，裡子也殘破不堪，要花好幾倍的時間與氣力才得以療傷止痛、重新再來！

其實，很多走味的感情早已散發出腐敗的臭味，當事人周邊的親朋好友全都知道，只有和他談愛的對方渾然不覺，若非太信任或太盲目，不然就是不願相信。感情是會變的，一個人前後判若兩人，除非遇到重大變故，否則十之八九就是變心了。之所以沒有提出分手，只是找不到機會和藉口罷了！想想自己竟然跟一個已經變心、即將現形的人在一起而完全「無知」，會不會覺得半是嗔恨半抓狂，不知該恨自己還是那個人？當然，面對這爛人提分手，自己竟然表現得那麼失控和卑微，那才是最讓人難過的部分！尤其是，明明他已劈腿多時、早就想分手，自己卻還完全無知到求他再繼續交往，這才真是令人無法忍受的恥辱！

此之所以很多專家會勸被提分手者，在被要求終結戀情時，不是去做什麼事，而是不做什麼事。怎麼講呢？因為，當昔日戀人正式提分手時，其實在你完全渾然不知的情況下，他不知早在多久前就已在心裡做了決定，現在只不過是進行告知儀式罷了！你願意也好，你不願意也好，分手勢在必行。走到這裡，已成定局，告知只是最後的句點。所以之後所有的爭取、謾罵、指責、哀求、留人等等努力，只徒然暴露被要求分手者的種種不堪和狼狽，不僅白費力氣，甚且徒增被要求分手者的可厭度而已。因此專家會有勸誡之言：任何求和的言行，不僅不可能挽回已逝的感情，反而讓對方更增強想要速速離去之心，讓被要求分手者形象更形不堪與可憎。

所以呢，碰到這種情形，最好的應對就是離開，連要求一個解釋都不必（變心要如何解釋？反而是給變心者一個批評你如何不堪的機會——反而給他一個「因為你的不是才造成我想離去」的藉口）。這舉動必讓對方深感意外，反能製造一種懸念和懷念。雖然這所謂的懸念或懷念，基本上沒什麼實用價值，不過，誰想在分手時，賠了夫人又折兵，失去愛情，再丟掉形象與尊嚴？

讓我替你說出「分手」這兩個字吧！

很少人能在分手時保持理智和風度，也幾乎沒有人能快刀斬亂麻，不要求對方給一個解釋或交代就翩然離去的；當然，不談到撕破臉、雙方成仇的也很少。

最近看到一位女大生處理交往差不多三年的情感分手事件，既明快又理智，真的符合「把我的悲傷留給自己，你的美麗讓你帶走」這句歌詞。

案例——心不在了就瀟灑放他走

女大生卓瑄瑄剛進大學時，比她高一屆的學長高捷生即猛力追求，兩人不久就成為男女朋友。捷生家在南部，瑄瑄家住台北，前者因父母對他考上這所大學非常失望，所以表現得不太關心，在給生活費用時也就不很大方。台北物價貴，捷生愛運動、食量也大，花在吃食上面的費用往往會排擠到其他項目，讓捷生自覺過得有些拮据。瑄瑄體諒他的情況，三年來不僅約會用餐全都自理，而且還常從家裡帶東帶西，補充他的糧食。捷生生日、情人節或他們認識的紀念日，瑄瑄費盡心思奔走好幾家店才買到他喜歡的限量版球衣球帽；而相對的，捷生送的禮完全不用心，有次還拿贈品的一包糖果當瑄瑄的生日禮物。捷生真的算不上善體人意，有時晚上送瑄瑄回家，摩托車從不熄火，瑄瑄剛跨下車子，暗夜裡巷子那麼黑，他不等瑄瑄進門就掉轉車頭離開，絲毫未注意女友的安全。

兩人關係穩定之後，捷生更是隨便、自我，要約會見面，得等他打完球、打完遊戲（一打都好幾小時）、做完他想做的事之後才行；每次講電話，劈哩啪啦拼命講自己的事，可輪到瑄瑄有時心情不好想向他傾吐一下，他聽不到兩句就不想聽，完全不回應就罷了，還馬上講到別的事上，表明他根本不關心不想聽，到後來，瑄瑄有心事也無法對他講。

快畢業時，捷生苦讀考上南部一所頗有令譽的國立大學研究所，六月底便須到學校開始和教授定期meeting。兩人自此便得分隔兩地。瑄瑄顯得很難過，金榜題名的捷生卻恨不得早早飛到名校去，只簡單的安慰女友：「和以前不會有什麼不同啦，別擔心！」

那以後，他們還是像以前一樣每天通十幾二十通電話，七月上旬，瑄瑄搭高鐵到南部看捷生，住了三天；兩週以後，捷生一早搭客運到台北看瑄瑄，帶了筆電和隨身一大包行李，兩人到哪裡都不便，只一起用餐，傍晚就送捷生再搭客運回學校，捷生顯得很累，瑄瑄建議他來回兩趟中，一趟搭高鐵，可以省掉兩、三小時，不會那麼累。捷生不肯花這個錢。

八月以後，捷生認識一起考上的同學，開始密切的來往，一起研討、一起報告、一起吃飯、一起看電影、一起逛夜市，其中有一個女生，瑄瑄很不放心，捷生故作輕鬆，說：「放心啦，她是個胖妹。」

但是，捷生每天和胖妹一起做的事情太多了，每一件事都有「胖妹」，而且打電話給瑄瑄的次數也從每天二十多通減到兩通，最後甚至全無聯絡，瑄瑄打去，他都到三更半夜才回，而且只說：「我好累，要睡了。」

瑄瑄感覺到他的冷淡和變心，才兩個多月，三年半的戀情便禁不起考驗。好友叫她去南部看看那胖妹長什麼樣子，順便看捷生怎麼交代？瑄瑄認為對方變心移情別戀這件事如此明顯，做這些事又能挽回什麼？她考慮很久，一方面也在等待捷生有什麼後續動作。結果卻只證明捷生在新環境和新人之間如魚得水，變心已是事實。

她打了一個電話給捷生，主動提出分手。捷生意外之餘，一個勁的向她賠罪，說他對不起她、虧欠她很多。三年多的感情就此畫下句點。

廖老師的建議

有人認為瑄瑄表現得太弱，至少該給捷生一個教訓。但我覺得這是個明智的決定，既然挽回不了，長痛不如短痛，斷交才能療傷，才能讓自己往前走。至於愛情的傷害，就把它當成人生必需的功課，遇到了，無法挽回，不如另起爐灶、重新再來，這才是正道。

第11計

愛情裡沒有以德報怨

前言——睜大眼睛面對背叛

談到背叛、劈腿、外遇或偷吃，其實專家給的建議，會因案例是婚姻中還是未婚情侶而有所不同。如係夫妻，因為婚姻是個很複雜的機制，往往牽涉到如財產、房產、子女、婚齡長短、依賴性、感情等等因素，切割起來不易，或如能挽救較有雙贏的機會，所以如果可能，專家多半會勸和，並希望被背叛者寬諒配偶。但如果只是情侶，建議泰半不同。

老實說，婚都未結就劈腿，除非非常不得已的原因（通常劈腿也不會有什麼不得已的理由），否則了斷是最平常的做法。因為輕易就能外遇的情人，往後的確也不可靠，趁著偷吃事件分手、停損離場，免得再下去全輸光。

如果對方知道妳很愛他或需要他，而他根本不愛妳，只在缺伴及需要時找妳，其他時候都找別人，並且不怕妳知道——不！甚至明白表示他跟妳不是一對、沒任何瓜葛，他是自由的、妳不能管他。假如妳碰到的是這種傢伙，坦白說，對方雖很可惡，但他確實不愛妳、沒打算跟妳有長遠打算或更進一步，而且也坦白說了。他只是知道妳也需要他，所以對妳予取予求。像這種雙方愛得不對等，或一方根本不愛只是偶然求取一下需要的現象，愛得較多的人必定會受傷，最後也一定會出局。請認清真相（其餘當事人都知道），不要用寶貴的情感與時間傻傻的灑。

案例——為什麼要以德報怨？

燈光照在她蒼白的臉上，憂鬱掩過那雙年輕的眼，看起來非常無助。我把寫有心理諮商師門診電話的紙條交給她，不忘叮嚀：「要多曬太陽，有需要可以找我。」

女孩二十六歲，卻被同一個男人折騰糾纏了七年。剛上大學便結識的學長，頭兩年兩人只是同一個社團裡的泛泛之交；學長畢業、退役，北上台北補習準備報考公家機關，為了省錢借住她單獨租住的套房，順理成章變成有肉體關係的同居室友。之所以不能稱他們為男女朋友，是因為雖然經常做愛，但男方的言行，卻從來不曾將她視為平等交往的女朋友。

因為住在一起，所以上床變成自然；可是男人不久在夜店與不知名女人有了一夜情，女孩等待、質問、傷心、哭泣、爭吵，卻被男人的一席話打倒：「我們兩個都是自由的，都可以各自交朋友。我是一個不喜歡被管的男人，妳一管，我們之間就完蛋！可是，我喜歡坦白，和什麼人交往，我都會老實告訴妳。」

從此以後，男人的一夜情或短暫出軌持續發生，為了維持住這一份什麼也不是的關係，女孩臉帶笑容心淌血的傾聽著他鉅細靡遺的描述他和每一個新歡的交歡情節——時空背景往往是他浪遊回來之後，他在她的床上摟著她的身體時。

為了留住他，她不敢讓他看到自己的眼淚和傷心，自以為給了他完整的自由。然而，男人仍然數度離開她，一次是他真的愛上別人；另一次則是考上公職的三年後，調職北縣，通勤太遠，忍痛搬離她那免費的居停。

七年間，男人來來去去，享受著摧殘她身心的浪蕩。她則一次一次，像母親不斷原諒逆子般，以德報怨的迎接他一再佯裝無辜的造訪與撥弄。

遍體鱗傷之後，猶在等待的她，終於陷入無底的憂鬱深井。

廖老師的建議

浪子回頭之可貴，在於他的「回頭」。可這種關係，從一開始就不是平等的交往：一個予取予求、一個任人宰割，雙方從頭到尾都沒真正以平衡的愛情關係交往——浪子還是浪子，他只是偶爾停靠，從無回頭的念頭；女孩呢？說什麼以德報怨，說穿了只是害怕寂寞、害怕失去，才會接受這種待遇！七年還覺悟不了，越拖只會更慘，在他心目中，她只是一處棄之可惜的備胎加油站；有朝一日真的讓他找到大油田，她會死得很難看。

即使是真正的愛情、真心的交往，有一方一再出軌、再一次次的請求原諒，我也不建議另一方必須接受；原諒或有一次，那是因為人總難免失足犯錯；一再以德報怨的原諒不斷明知故犯的情人，其實是變相鼓勵對方可以這樣作踐你！反正他如何對待你、背叛你都沒關係，只要認個錯你就會原諒他——那他何必對你好？何必戰戰兢兢討小心？

在情人關係裡，以德報怨是個大陷阱。

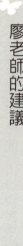

第12計 緣盡就該坦然放手

前言——緣盡就該面對現實

遙遠的初戀早就變色，當初背叛的正是自己，同齡的男友因此在大二被三二，只好去當兵，後來被家人送到加拿大。三十年後，已離婚的她，忽然想要和他聯絡，打電話到他老家詢問而未果……

舊情已杳，許多當初提分手而現在過得不好的已婚或離婚女子，究竟是抱著怎樣的心思和前男友聯絡？滄海桑田，徒然擾人，一點也不理直氣壯。饒了對方的妻子兒女吧，不要一切全憑自己喜歡或方便就聯絡。斬斷的情緣，就是自己義無反顧的選擇，不要因現在過不好就去擾亂對方，製造對方家庭的紛爭。

愛情有時真的必得壯士斷腕。已過生育年齡的已婚女性，和小十四歲未婚的男性談婚外情，她正在辦離婚，但小男友卻想追求相親看上的年輕女子，而且講得很明白。五十二歲的她卻捨不得放手，他是她此生「真正的愛戀」，而且自己也為此而失去婚姻，怎麼放得了手？

這就是緣該盡、而她卻情未了的痛苦時刻。曾打得火熱的姐弟戀，再如何捨不得，也敵不過未婚未生年輕男性的急於脫身。如果情熱依然，他為什麼會去相親？為什麼明說要去追求相親對象？他早已想自姐弟戀的漩渦中脫身而出，他想要去找一個「匹配」的對象和婚姻。到此為止，女性應該在失戀中給予對方一絲諒解：他畢竟是世俗之人，有著世俗的壓力；他已打算退出，妳別再纏鬥下去，優雅的放手吧，反正是必然會分手的局。

案例一——二十九年情斷三萬里追夢

想要找回初戀男友的Gloria Huang說：二十九年前，她和Glory是延平高中同屆，相識相戀，他每天一早搭二〇九公車到她家接她；下課後送她搭二〇九公車回去。大學放榜，他考上台大、她上靜宜。

台北台中分隔兩地，民國七十一年的當時，他們靠打公用電話聯繫。然而，靜宜女子大學每天有跳不完的舞會，誘惑太多，Gloria變心了，不再跟Glory聯絡；他在大二被三二，去當兵，然後再去加拿大，當Glory去當兵無書可唸時，她卻舞照跳、男朋友到處交。

分手後的十四年，她結婚生子，但三年後就離婚了。直到最近，向同學借高中畢冊，看到他的相片，思念與悔恨交加，她按照當時通訊錄打電話到他家，他妹妹接的電話，Gloria謊稱延平要辦三十周年聚會，問他會不會回來？他妹冷冷說：「我爸媽都死了，他的家在那裡，他不會回來了！」

Gloria幾夜傷心落淚，她知道人生的過程都是自己的選擇，罪該自己承擔；過得不好遇人不淑也全是自己選擇，因為自己曾經那樣毫無眷戀的傷害他，這種悔恨是心理的無期徒刑；同時也會想：如果當初沒有背叛他，她的人生會不會改觀？

如今，離婚帶著個兒子的她，突然想要找當初被她背叛的Glory，這段情能續嗎？

廖老師的建議

該流的眼淚就流吧！與其說是為他而流，不如說是為自己失敗的婚姻而哭！人生不就是人負或負人這回事，也許當時拋棄Glory的手段太狠，不過，那也許就是Glory自己必須修習，而不曾修習好的人生功課。過了三十年，恩恩怨怨早已淡然，除了遲來的「對不起」，妳還想對他說什麼？難道是「我們還可以重來」嗎？算了吧！妳想這會傷到誰呢？

案例二——情未了但緣該盡，放手吧

放不掉年輕戀人的王女士心好痛：五十二歲的王女士，以已婚身分在今年年初與小十四歲的未婚男友相戀。對他而言，她是他不可說的秘密，只因都太寂寞，碰在一起，互相取暖；而他對她而言，卻是臨老之前、不！是此生最大的一次豪賭！「真正」的談戀愛！

問題來了！男友一直想結婚，而她雖正在辦離婚之中，但他想婚想追的對象不是她，而是相親的女生！

怎麼辦？她不想放手……能不放手嗎？

廖老師的建議

王女士的男友三十八歲，一直想婚但未婚，年初與一樣寂寞的王女士在一起，互相取暖。在不到一年之間的相處時日，女方毅然辦離婚只求與他相廝相守，男方卻去相親而且想追相親的女生。以局外人的眼光來看，這「相戀中」的一男一女，彼此看待對方的情腸是有很大的區別的——一個已然認定，另一個卻急著脫身；一個是在「談戀愛」，一個只是借個火取暖而已，其間差距不可以道里計。

不過，從另一個角度來看，這似乎也是正常現象。三十八歲未婚，一直想婚，偶然脆弱在半路上打了個尖睡了一宿，天明以後，發現他的目的地其實不遠，自然就慌慌張張別了小店主人匆忙而去……我不能說男友對王女士情意是假，但他最終要結婚生兒女的意願非常明確，而且這願力大過和王女士繼續下去這件事。

情到如今何以為繼？我會勸王女士漂亮放手，因為，男友都說了想去追相親女生，再留他只徒增彼此怨懟，留他一時，不可能留一世，更何況硬留下轉眼成仇，何必呢？

情也許未了，但緣眼看已盡，放手吧。五十二歲，誰能說沒有另一個春天？

第13計

擴大生活圈，才能認識好男人

前言——拒絕曖昧從培養抵抗力開始

有的男人生活單調，老和女性搞曖昧，言語行動拼命調情，卻又不敢真搞，唯恐弄假成真，女性變小三破壞他的家庭。這種男人，不見得很色，卻絕對沒膽，不過看到女生為他神魂顛倒，他會有無上的快樂就是。

這種男人不能搭理，不！應該這樣說：已婚男子或愛調情沒真心、或亂追求女人的男子，都應拒絕。女性最少要讓自己的生活有點重心，結交三、五個能談心能一起玩的同性或異性朋友；培養或繼續深耕某一種嗜好或興趣。太乖巧太孤單寂寞的女性，一遇浪蕩男人就比較缺抵抗力。

案例一——明知調情卻動真情

未婚的Angie被已婚上司賣力調情後又龜縮，明明沒進入實質戀愛，她卻宛如被始亂終棄般走不出來：三十八歲的她，面對四十三歲已婚，且有一個十六歲兒子的上司，兩人因工作關係日久生情（我不太了解這代表什麼程度？）。但男方一邊調情一邊用力宣告很愛太太；見她認真起來即刻抽身。而她竟因此情傷而無法痊癒，想離職想忘記全不可得。

廖老師的建議

看了Angie的信，忍不住大聲為她慶幸：還好遇到一個膽小尚知自制的男人！還好沒有噩夢成真！還好對方怕負責，只調情而不敢進一步；還好他可能真的愛太太而不敢越雷池！

Angie有什麼好傷心和自怨自艾的？我真的不明白。有些男人為了「調理」單調無聊的生活，往往會找各種樂子和去處，他剛好找了近在咫尺的妳娛樂一下。請原諒我這樣說，我不是要妳難過，而是希望妳清醒一點：這個男人或許對妳有好感，妳也清楚自己「不是長得醜，而是害怕愛」；但一來，已婚的男人妳敢愛嗎？愛下去才是痛苦的來源，因為一定必須面對各種挑戰、凌辱、罵名、被抉擇和實質的傷害，最後還得真正眼睜睜看著他離開！那種巨大而深沉的痛苦，哪是妳現在這種程度可比？我不是小看或漠視妳現在遭逢的苦痛，只是為妳稱幸，掉入那種存在著大障礙的不倫戀的漩渦裡，即使不滅頂，也會嗆到生不如死！妳不會想試的。

另一方面只想告訴妳，他並不愛妳，他只想調情罷了！一旦發現妳是個很認真而「玩不起」的女人，馬上撤退！他可不想被妳拉下去陪妳落水！

每天上班、回家一條線的日子，有負青春。妳是個好女孩，值得更美好的愛情。請擴大生活圈，參加正派聯誼多認識一些好男人；並請愛惜自己琢磨自己，讓自己亮起來！

案例二——第一次見面就邀泡湯的怪網友

去年因細故結束和前男友四載戀情的小蜜蜂，在交友網站認識一位異性友人，剛開始談得愉快，到後來對方卻很少理會她，被質問才說工作忙；打電話給他又常關機。而就在她打算放棄時他又傳簡訊來，如此有一搭沒一搭、愛理不理，但只要一提到見面，他就要求一起去泡湯；要不就要求讓他拍她的性感照。彼此也沒有定下來，害她猶疑不定，還質疑自己是否太保守？

廖老師的建議

看起來小蜜蜂雖交過男友，但對男女情事還是迷迷糊糊。交往四年的男友，居然因為她不告而和另一位異性友人去看電影，招致分手。除非妳不愛前男友、不想交往下去，否則何出此舉？

其次，交友網站認識的這位「怪男士」，他並不想和妳談戀愛，而是吊妳胃口，一心只想與妳上床、拍下妳的性感照片或性感影帶，簡單講，就是一個色胚，只想與妳來個免費性交，拍下妳的「色情影帶」，滿足他的性需要和性怪癖。我不知這種事怎會讓妳神魂顛倒，甚至神智不清？如此清楚、明白、直接的企圖，十幾歲小孩也懂。請妳讀一下近日發生的迷姦並拍下女伴裸照的事件，敲醒自己。即刻與他斷交，免得將來受傷慘重。

妳說自己屬內向溫和型的女子，是否太過保守傳統而不夠開放？天啊，對方居心那麼明顯，妳還自我怪罪！女人談戀愛，和男人上床，都要問我們自己的心：我準備好了嗎？我願意嗎？我是否一心一意配合對方而沒顧到自己？尤其重要的是：不是每一個「認識」的男人都可發展成情侶。妳自己明明知道那男人對妳愛理不理，腦子都塞滿精蟲，還迷惑什麼？斷離此男，多認識幾位男性，也可請親友介紹，張開眼睛多觀察。過日子也長智慧，加油！

第14計 不對的人就從生活中剔除

前言——「情」、「慾」不能不分

沒有男伴的女性，有時會不小心掉入不誠實或只想有個性伴侶的男性陷阱，時日一久，陪伴或情慾往往令人很難自拔。

女性和男性一樣，如果你（妳）是玩咖，在沒有固定異性朋友的情況下，偶然有性伴侶，有時也無法苛責。但並非人人都玩得起這種遊戲。有些一心只想結婚或維持某種相濡以沫異性關係的女性，常會遇到只想固定上床、解決生理需要的痞子，只要對兩人只上床這種關係感到不安而不從時，男人可以馬上找到新對象而放棄舊女伴。可女人卻習慣了他的體溫、情慾不分、深感痛苦與失落。一句話：一定要帶眼識人，想要愛情和婚姻，就得找個也有這種共識的男人交往。錯的戀情、錯的對象，無論多不捨還是只能放手；否則，很快就會被失去興趣的對手丟棄。

愛情騙子到處有，沒離婚騙離婚，又再婚卻不講，因此，能遇到愛的對象雖是好事，但相信對方之前，不妨也察考一下。

案例一——分清炮友和情人的不同

深陷情慾、苦難自拔的愛小姐來信求援：愛小姐和王先生認識一年，第一次「談戀愛」的她，陷入情慾的深淵。剛認識的一、兩個月，王先生還會甜言蜜語，一旦「得到」（意指上床）之後便棄之如敝屣。愛小姐曾提分手，但隔沒幾天，王先生主動聯絡，表示發生過性關係的兩人，即使分手，再發生性行為也是正常的事。愛小姐居然接受繼續和他上床，幾乎每次見面都只做那件事。

最後他連過夜錢也省，交歡後竟叫她自行到桃園朋友家過夜。這次之後，愛小姐第二次和他斷交，可惜沒一星期又接他的電話，這次他給她一記當頭棒喝：因為他有了新對象！

事已至此，愛小姐卻還放不下他，想念著他的體溫，痛苦難拔。究竟要怎麼辦才好？

廖老師的建議

王先生是個厚臉皮的痞子，他跟愛小姐在一起，目的只在上床，一年多來，見面只為這件事。女方其實心中完全明白，所以三番兩次提分手想自救和自拔，可惜都軟弱的又屈服於情慾之下。

王先生的痞子個性在這段關係中展露無遺，他先用「分手後還可再發生性行為」合理化繼續上床的行為；又以她提分手當藉口裝無辜、迅速另交其他女友。足見這人對她沒有感情，一心只想找個免費性伴侶。我想愛小姐心中不會不清楚，只是不想面對。情場新手陷入情慾漩渦很難自拔，尤其對手是個玩咖更難招架。

愛小姐唯今之計只有斷然把他自生活和生命之中剔除，不再接他電話、不再和他有任何瓜葛，才有新生的機會。妳並非玩咖，對手是這種人，和他拖拉下去，未來不會有妳想要的結局。堅強一點，克服身體對他的需要，走出去，曬曬太陽，結交新朋友，撐不過去時，打電話給生命線或張老師吧。

案例二——事實勝過花言巧語

因交往中的男友又和前妻結婚而錯愕痛苦的Tong說：她單親獨力撫養一女，遇到同樣狀況的他，交往成為男女朋友。她並不想再婚，只想找個伴、彼此互相扶持就好。

交往時，他騙她已經離婚，沒說和前妻住。後來前妻來電告訴Tong：他們跟正常夫妻一樣，住在一起；這時男方的說法只承認「住在同一個屋簷下、共同撫養小孩」。即便前妻告訴她男方習慣性劈腿，她不會是最後一個；她仍然選擇相信他，繼續在一起。他求她再給他一點時間，他會把事情解決清楚。

想不到等到的是兩個月之後，前妻打來的電話：他們又重新登記為夫妻了，前妻是以太太的身分正式通知她！Tong錯愕又痛苦，不知怎麼辦才好？

廖老師的建議

一心以為自己遇到又真實又體貼男人的Tong，遇到的其實是一半講真話、另一半秘而不宣的男人，偏偏沒講的那一半都是最嚴重的要害部分——然後那要害部分，讓他的前妻把它給補足了。

因為講了一半真話，所以往往讓女伴以為他真誠無偽，也因此沒辦法看清他心中某些蓄意欺騙的技倆。Tong遇到的男人正是這種典型、這種狀況，而她看不破、無法毅然離開他，正是因為掉入這種假象的陷阱之故。

即使是這樣晴天霹靂般的消息之後，她仍然沒有離開他，因為：他是那麼真實，她感受到他對她的好、對她的關心……

Tong！妳要我點醒妳，妳難道看不出他一直在騙妳？妳還需要什麼證據才肯離開？

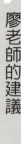

第15計
認清不愛你的人

前言——愛你的人不會常讓你流淚

好的伴侶關係裡，有一項很重要的因素，那就是愉悅。

當對方不斷讓你（妳）流淚、找麻煩、管太多、當眾羞辱你、罵你、讓你流淚，那都是錯的。如果他告訴你說：他所做的一切都是為你好，千萬別相信。如果他愛你，一定不會讓你一天到晚流淚。

真正的愛情，應該是具有相當程度的愉快才對。

案例一——

一天到晚罵我算是愛嗎？

飽受男友言語傷害的Y小姐來信問：她與男友在同一家公司上班，男友比她大七歲。不知是否因年齡有些差距，男友就不免託大，常常因公事罵她。最常說的話就是：「妳做事的方法常會令兩人墜入火坑！」然後劈哩啪啦罵個不停，感覺上就像在罵小孩，罵得人狗血淋頭、不留餘地。而且不是只有公事會罵，連私事也罵。這感覺非常不好，讓她壓力大到不知要不要繼續和他走下去？

廖老師的建議

Y小姐來信並未詳述她如何處理公事才被男友罵得那麼慘？但即使她做事方式確有值得商榷的地方，男友也不該因兩人是男女朋友就「內責不避親」，罵她給別人看。這樣做，一來顯示他自己很行，所有的錯都是她造成的，規避自己的責任；二來則是要顯示他「師傅」級的能耐，把她當小孩一般痛罵（現在連父母罵小孩、老師罵學生，都不能像他罵得那樣痛快），公事私事都罵，連毫不相干的她家人也被罵進去，我覺得這已經逾越正常的尺度，也早已超過男女朋友的分際。

兩人既是同事又是情侶，本來就必須更好好保全彼此的顏面，而Y小姐的男友卻背道而行，令她備感壓力，痛苦到考慮要不要繼續走下去。

不給對方尊嚴，惡言惡語、羞辱怒罵，卻還佯裝善意、藉口討人情說：「我是為妳好才罵妳，否則罵妳還被妳怨恨，我是吃撐了？」

有些人控制不了脾氣，總要找個人做出氣筒；有些人不能好好溝通，只會用罵的。試想，一個人若真心愛你，他會不給你顏面和尊嚴、會不斷讓你掉淚、不斷讓你痛苦嗎？

先不管Y小姐做事的方式如何，讓我們回到感情的本質討論：如果跟一個人在一起，大部分時間都是痛苦的，那就是錯的。何況婚前就這樣亂罵，婚後還會疼惜妳嗎？

案例二——
結婚只是假釣餌

被假餌釣上而痛苦掙扎的魏小姐來信急問：認識男友時魏小姐三十三歲，現在已四十九歲。當年男友在國立大學任教，直到前年才以講師職優退，所以算起來經濟情況應屬中上。問題有兩個，其一是：十四年來，只要魏小姐一提結婚，他就說要逃走；問題二：十幾年來，男人年年向她借錢，目前以她的名義所借還欠銀行十六萬，最近半年他天天逼她向銀行信貸，否則就和她分手。

這情形明眼人一看都明白，但魏小姐卻被逼到快發瘋，不知該怎麼辦？

廖老師的建議

魏小姐和這男人其實懷抱著完全不相同的目的在交往：她想結婚，他只要錢。她從三十三等到四十九，要說男人騙她也不盡然，因為她一提結婚，他就明說他要逃，也算擺明「不與她結婚」的態度，真的很明確。

問題是魏小姐像被一種「如果一直供應他要的錢，可能最後會有結婚的希望」的假釣餌鉤住釣上。鉤子扎得很深，她本身雖然痛苦，但某種層面卻不想真正和這象徵繁複糾纏的關係脫鉤。說到底，釣客和魚，十幾年各取所需，到了這時，如果沒有更好的選擇，也就這樣拖著算啦。

問題是，再怎樣，優勢都在男方，論到用上感情，如果雙方太不相當、太不對等，愛太多的人起步就開始輸，一路輸到底，最後大慘賠，不小心可能賠上人生。

他不愛妳太明顯，這樣不分手只釣著妳，不全都是為錢？再借更多，倒楣更多，反正最後銀行催討的是具名借錢的妳！所謂賠了夫人又折兵就這種情形！醒醒吧！離開一定更好，借出去的錢就算了，不離開損失會更多！

第16計

以死相脅，愛更難圓

前言——別愛到出人命

愛情的過程裡，用自己的死或對方的死來要脅對方，結果都會與自己期望的結果背道而馳。

誰會喜歡被別人用自殺相脅呢？愛情一不順遂就鬧自殺，本來愛是多麼甜蜜的事，要不花前月下，要不就做愛做的事；如果碰到動不動就尋死覓活、動刀動槍，沒事就跑醫院或警局，誰受得了？

談情說愛轟轟烈烈很好，但千萬別自殺成習，也別揚言或真殺人。愛到出人命，沒人擔得起。

案例——以死相脅夢更難圓

騎虎難下的頑皮豹來信說：她愛上一位有婦之夫，認識時他騙她說沒有家室，交往之後，被她發現他的身分證配偶欄上有配偶名。女方質問，他回答說：他跟他的老婆感情不好，目前分隔兩地，並不同住；而且他準備和老婆離婚云云，編了一個好大的美夢給她！結果可想而知，男子和太太感情如常，根本無意離婚。

她傷心之餘，叫朋友帶話給他：說她已自殺身死，想用假死相脅。對方家人卻報警，請警方到她家求證她是否確實已自殺身亡？事情鬧大，男方閃人。

她想問要如何走出這巨大的傷痛？

廖老師的建議

很明顯的，頑皮豹真的遇人不淑，碰到一個愛情騙子，明明已婚，而且夫妻感情並沒有離婚的必要，但傻傻的小三，卻總是輕易相信男人隨便搪塞的謊言，什麼「夫妻感情不好，沒住一起，他會和太太離婚」云云。如果偷腥的男人不說這類謊話，他如何為自己的外遇找藉口？如何讓自己的惡行順利走下去？

所以，女人碰到這種有偶惡男，不該呆呆相信向前衝，反而應該果斷踩剎車，馬上停損。

事情鬧得這麼大，要回頭很難，何況也不是她想回頭就可以回頭。以死相脅最容易嚇走欺騙的男人（一哭二鬧三上吊，這麼麻煩誰不怕？）我搞不懂妳鬧這玩笑有什麼意義？事情搞這麼大條，然後再不斷寫電子郵件給他，他怎麼敢回信？當然趕緊閃人為上！

這段感情已玩完了！頑皮豹也不用自責，即使妳沒搞出這件自殺大事，這愛情仍走不下去，對方只是玩玩happy一下而已。請不要再纏下去了！找朋友或專家療傷，努力忘記吧。當是生一場大病，痊癒後重新去愛一次。舊的不去新的哪會來？何況是場騙局！

第17計

減少依賴，找到改變現狀的可能性

前言——有自主經濟力才有決定權

現代男女碰撞容易，未婚者都可在許多交遊圈中遇到各種對象；離婚率高的結果，也製造出另一批單身者，這樣的人，有人帶著孩子，也有因各種原因而只同居不再結婚。不管結婚或同居，兩者都有可能會再遇到對方有小三的情況出現，此時，到底是分手好？還是忍耐下去？

可是，被劈腿的人，往往不是那個擁有分開或繼續的權力的人。怎麼說呢？他們即使提出分或合的主張，最後也都無法算數，因為，有決定權的不是他們，而是對方。

所以，被劈腿的一方儘管嚷嚷，其實都是嚷爽的，最後做決定的是另一方。或者應該說是握有經濟實力的人可以做最後的決定。

如果自己沒有自主生活的經濟力，也就沒有能夠離開對方的條件；所以即使對方不會全然離棄妳，但也不肯放棄新小三，他要兩頭大，妳沒條件離開自立，大約也就只能邊怨嘆邊屈從了。這是非常殘酷的現實。

案例——一邊一國、還是斷交算了？

黃女士問：與男友相識相戀進而同居十多年，兩人都曾有過婚姻和小孩，小孩未曾與他們同住過，現在也都大了。他很大男人，常忽視她的存在，所以這幾年她一直吵著要分手，他始終不答應。

但五個多月前她竟然發現他有個已交往兩年的小三（他五十六，她四十七，小三只有三十四歲），她又提出分手，男友還是否決；不過也拒絕選擇，因為兩邊都放不下（說到放不下她，他甚至還掉淚）！一邊一國的現況讓她痛苦不已，但真正要分手卻又很難，不只因為情難捨，也因長久以來他非常有「責任心」，經濟上都沒讓她操心過。

外遇曝光後，他對她的態度也做了大改善，兩人好像又找回戀愛的感覺，只是她依然情傷不安。怎麼辦才好？

廖老師的建議

黃女士在十多年同居生活中，常常提出分手，理由是男友很大男人，經常疏忽她的存在——我認為這是個假議題，黃女士基本上並不想離開他，只是常用「分手」作為爭取注意的撒嬌手段。十多年來，感情雖然漸趨平淡無味，但分手提議屢次被男友駁回，多少也讓她覺得安慰與安心。

如今感情發生變化，很多女性離不開是因沒有經濟力。黃小姐目前的情況是經濟與情感都很難割捨，尤其他們只是同居關係，在法律上更無保障。但男人的濫情與自私讓情況隨時會有變化，我建議黃小姐別老是逞口舌之快提分手，應厚植能夠讓自己談分手的實力，包括情感的獨立與往後自主生活的經濟力（如果男友願給一筆錢也很好）；也許先從減少依賴開始，充實生活、活出自我，說不定有可能改變現狀。

第18計

不論能否挽回，都要善待自己

前言——不能挽回時，讓自己保持在最佳狀況

愛情之「變化多端」，真的常教人無法招架。當年離婚帶著兩個小孩，幸喜男友接納她全部，兩人同居二十七年，一起創業、一起打拼。沒想到如此恩義，最終也不敵新人小三，男友鐵了心腸不回頭，兩人之前因男友家人反對沒辦結婚，所以現在她也未能以配偶身分做任何反制。

五十六歲一去不回的男友，白天不上班、半夜才回，每週外宿二日——看起來像是拉不回了！

拉不回硬拉，只怕兩人僅有的恩義會被拉斷；應努力爭取男友給一份分手費，那畢竟

是你們胼手胝足創下來的公司，至少妳會有些生活保障。復合之路，主權在男友手上，目前妳一直有動作，他擺明不甩，反惹他更硬幹；還不如善待自己、平復心情，等待談判之日。讓自己保持最好狀況，人生一定還有另一扇窗，可以有不同的出路。

案例——臨老入花叢，拉也拉不回

同居二十七年的男人移情別戀，Pearl痛苦無助，不知要怎麼活下去？當年帶著兩個孩子離婚，幸遇男友接受她的全部，但不幸因他家人反對不能結婚，所以他們同居至今，且一起創業，始終幸福甜蜜。就在事業稍有小成的五十六歲，他迷戀上剛離婚小幾歲的女子，戀情如火，且自公司提領一筆錢給女子，白天不上班、深夜回家、每週外宿二日。

同居人外遇之後，Pearl 做了很多努力：拿到他們車震時的錄音、申請國際電話帳單明細、當面質問二人；主動向男友求歡示好被拒、要求和男友結婚被拒……Pearl痛苦難當，眼看即將失去他，怎麼辦？

廖老師的建議

當他變心不愛時，女人連三百塊錢都不值！我會建議現在這些討好他的事都不必做，要做的事是請教律師在同居二十七年卻無婚約的情形下，如何保障妳的權利，和確保你們辛苦一起打拼的公司資產不被他用各種名目掏空——如果妳能確保這些事，甚至做到公司沒他可以、沒妳不行的地步，我認為妳就有了談判的條件。

我無法預知妳男友會不會回來？現在主控權在他手上，要看小三有多想要他、以及他有多迷小三，才能決定他會不會回來？不過目前新戀情正夯，妳對他們沒什麼可做的，做了適得其反，也自討沒趣。

除了上述權益的保障之外，請妳拋開面子和想死的念頭，不必在意同事知道什麼或聽到什麼，這年頭外遇、情破這種事遍地都是，哪個人沒有這樣那樣的傷痛？

不要躲在暗夜哭泣，試著走出去，運動有益療傷，有人聽妳傾訴更好；不要喝酒，必要的話去看一下心理諮商，說出來會好過一點。不管他回不回來，都請善待自己！人生峰迴路轉，誰知道明天好風會不會吹向自己？加油！

婚姻篇

相處有哲學

—第19計—

認清是否因「愛」結婚

前言——邁入婚姻的臨門一腳，是愛還是權宜之計？

有些人交往著一個看似穩定，但其實不溫不火、不特別熱，也沒有活力的對象；五、六年甚至七、八年了，都不給痴痴等著的對方一個交代。儘管對方直接間接、軟硬兼施的向他求婚或提出結婚的要求，他的回答都是左閃右躲、不置可否。

正當對方都快死心放棄時，他突然風風火火的急著提結婚，對方大喜，以為自己真情感動他，有情人終成眷屬，等到修成正果的這一天！謝天謝地！可是被求婚的人最後才知道，原來他是因為父親突然中風，需要一個長期看護，才向她求婚……

有時候，兩人關係拖得太久，有一方其實情已淡，如果不是生活發生重大變化而需要人手，他根本不會想到旁邊有個現成的人，可以藉著結婚之便充當幫手——雖然不能完全斷定他對結婚對象沒感情，但權宜之計的考量總是放在前面。說到底，誰願意被人當成「人盡其材」來利用，而非為愛結婚的對象呢？

案例——看護「妻」

新北市小江問：和男友交往六年，在他準備單身到中國赴任時提結婚。單親獨子的他，不放心丟下寡母一人，因此才提結婚，好讓小江名正言順替他當看護、盡孝道。

小江義無反顧辭職，專心在家照顧婆婆。四年間，夫妻聚少離多、漸形陌生；一對一長期照顧病人，沒有替手，身心俱疲，壓力又大，小江覺得自己快崩潰，怎麼辦才好？

廖老師的建議

男人拍拖六年無意結婚，為了自己想脫身到中國，才找了眼前的替死鬼代他扛起照顧病母的全責，光這一點，就讓人很懷疑他到底是否真正愛過她，或只是因她乖巧可以託付，才「策略性」和她結婚？

小江當然是為愛結婚，只是沒想到「職務」艱辛、角色變調！二十四小時、三百六十五天，全年無休、沒有輪班、毫無支援……只有自己一個！想想，那種情形多可怖：即使是外傭，旁邊多少都有一些支援人力，而小江沒有別人，只有自己！那個丈夫兼兒子遠在天邊，這樣的婚姻，為誰死守？

這不關孝順或義氣，而是該問：那個如此自私又殘忍的「丈夫」兼兒子，到底要看護還是妻子？四年來，小江是個無可代替的看護，但一點也不像妻子！幾年後，如果婆婆不在了，對丈夫而言，「看護小江」完成了階段性任務，還有存在必要嗎？

這是小江必須認真思考的問題。為了「做看護」，她犧牲掉所有自己的人生，包括夫妻生活、好工作、又不敢生孩子……萬一有一天，連婚姻也失去，她可挺得住？

小江必得改變現狀，找個真正的看護代替自己，卸下重責，調整一下功能和生活。否則，無怨無聲加「無形」（無妻之形），誰還會在乎妳？相信我，結果一定不可能「守得雲開見月明」！

第20計
不夠愛對方，妳才會猶豫

前言——愛不愛，早該想清楚

很多女孩好奇怪，交了個男友，要嘛就是一拖十幾年，老不肯向女方提結婚；有的則是名義上是男女朋友，實則沒什麼在交往，平常沒什麼要緊，等到男方真的提結婚，女方忽然猶豫起來，什麼事都變成問題：以前拖著就拖著，男友條件都沒什麼上腦；一旦被催婚，忽然就嫌棄起對方；婚後住台北，婆婆與小姑的強勢也無限放大……什麼都成了問題。其實這些所謂問題不是早就該想過多次了？行不行、合不合，早些年就該決定，要不早點分手，免得最後兩敗俱傷，青春又白白拖掉好些年。

愛不愛、要不要，都是自己要想清楚的事。騎驢找馬的心態，害到的都是自己。事到如今，把自己的心意弄清楚吧。或許可以將婚後的疑慮坦白與男友談開，把母親單獨留在家鄉妳不放心，如果強迫男友搬到妳住的地方，他是否也有這個問題？

女性要跟異性交往下去，常會面臨到結婚的局面，不能什麼都不想，否則事到臨頭往往就來不及。

案例——問題不在適不適合結婚

適合南部生活的蔡小姐問：她是已達適婚年齡的七年級生，有一交往四年的男友，且對方已表明希望明年結婚：「不要再拖了！」但她心中卻充滿不安，因男友是她初戀，條件不上不下，不知道這人是否就是她的真命天子？而未來婆婆和小姑都很強勢，且台北居壓力大，結婚後必須住台北，她很排斥，更放不下獨居南部的母親，到底該不該結這個婚？

廖老師的建議

蔡小姐的問題看起來好像很複雜，她自己將猶豫不定的原因分析成七點，大約就是上述所言那些，但像：未來婆婆和小姑很強勢啦、曾有六年居住北部的不良觀感啦等等，我認為都是假議題；真正主要的原因是她看起來好像不很愛現任男友——蔡小姐也坦承：男友條件不上不下，如果他在她心目中達理想值，她就不會這麼猶豫了！因為不怎麼愛，一旦男友求婚，她心裡就推三阻四，想出不結婚的七大理由。

男友的條件如何（未明說），交往四年，應該早就知道了，如果一開始就覺得不行，最好早點做決定，不然誤人也自誤。很多年輕人交往異性，常抱著騎驢找馬的心態，其實這種蹉跎狀態，反而容易失去新的機會；不過，寧願孤獨也不拖拉的畢竟太少了！

回頭來說：到底什麼樣的條件才算好呢？我建議年輕人把握核心條件就好，譬如對方的品德個性、責任感、愛家愛妳、維持生活的能力、無不良嗜好等；至於外表與品味，那只是附加條件罷了，別太嚴格。

男友求婚了，蔡小姐不能只是笑笑不回應，應該好好和他談一次，想清楚，如果真的不想和他結婚，就說明白；假若只是不安，那就好好與他溝通，一起解決問題。妳得認真探查自己的心意，才能做正確的選擇，這是最重要的。

第21計

溝通，是改善的第一步

前言——婚前婚後都該保持溝通

相戀結婚，如果各過各的、常時不溝通、不關懷、不存問，把婚前存儲起來的愛情，任它被我行我素的行徑蝕光，兩人再不回頭反思補救，這婚姻真的會沒救了！

結婚後，丈夫完全順沿舊習，和一些酒友玩咖滯留到三更半夜才回家；太太無法像婚前天天跟，先生則我行我素，不要多久，這婚姻一定會出現裂痕。

想辦法坐下來好好談，不要賭氣或互相指責，看有什麼折衷方式可以讓雙方的生活重新有交集、互動和共存與分享。婚前如何溝通，就再努力嘗試吧，想辦法把自己憂慮婚姻和想要挽救的心情告訴對方。

案例一——聚散就看兩人的態度

Cindy小姐的婚姻要續還是要斷：結婚才一年多的Cindy，據她自己描述，本來應該還算美滿。工作繁忙的先生，每天幾乎都加班到十一、二點才回來；既重朋友、又愛抽菸，每個週末假日，朋友都會找他出去「抽菸」，晚上則去喝酒，到半夜兩、三點才回家。通常Cindy會跟著一起去，但上班很累，漸漸就想早點回家休息。

問題是先生不肯戒掉這些習慣，反而會叫她不必去。結果兩人各過各的，越行越遠，還經常吵架，彼此都不開心。不知這婚姻要怎麼過下去？

廖老師的建議

婚前Cindy和先生不知交往多久？兩人相處的模式又是何種情況？如果就是這樣抽菸、喝酒、晚歸，而當時女方完全依循男方的模式，百分之百照單全收；那麼結婚後，不成熟的男方自然不可能大幅度改變這些行為。很多年輕人可能不知道婚姻需要經營、需要給出一定分量的時間和對方單獨相處、需要營造「家庭」的模式以凝聚家人的愛；也需要相當程度的妥協……有些人則是戒不掉貪玩的習性、戒不掉酒肉朋友的邀約、戒不掉放縱，繼續我行我素日日菸酒笙歌，這樣很容易毀掉婚姻。

Cindy現在應避免用吵的，不要開口就指責他的不是。動腦筋想想先生到底在什麼方式下可以好好溝通？找出一個方式，寫封簡單的信也可以，不能用負面指責的方式，而是敘述一下妳的為難，正面表達妳希望「他能一週中有三天下班後在家」、「週末假日中一天在家」等等明確期待。

能好好談，就是改善的第一步。讓他願意傾聽、而妳也可以傾聽他所講的，才是開啟「談判」的契機。很多婚姻會走下去或走不下去，關鍵往往在於雙方有沒有辦法、願不願意「談」——談，而非劈頭就指責。

案例二——

沒住一起、沒給家用，這樣的婚姻好不好？

和老公都是再婚的吳小姐很困惑：今年辦結婚登記，兒子快四個月的吳小姐，自營書店，房屋自購、貸款自付，一家店供養老爸、精障無業的哥哥和自己，擔子大到有點負荷不了。老公與年邁的母親同住租屋，並不和她同住，兩邊跑。兩人剛認識時會一起睡，但從她懷孕後就沒睡在一起。她想有人談心、有人擁抱、有個寄託，先生卻嫌熱沒耐性。還有經濟的問題，讓她更煩惱；加上兩人脾氣都不好，想離婚又拿不定主意，如何是好？

廖老師的建議

吳小姐的婚姻是典型溝通不良的一種。兩人個性強硬，婚前可能也都不曾談論婚後怎麼住、怎麼分攤家用、如何安排家人生活這些事。婚後儘管吳小姐有經濟壓力，但當丈夫問她夠不夠用時（夫付孩子的奶粉尿布錢），她卻不好意思說；丈夫邀她吃大餐，她每每嘴上推辭，心裡卻暗暗希望他把那些錢給她……夫妻平時又沒什麼話聊，這樁婚姻真的令人擔心。

其實，既然先生是租房，不如兩人開誠佈公討論一下：丈夫和婆婆搬到女方家一起住，省下的房租添一些做家用，不就兩種「房事」都解決了？

婚姻最怕的是各行其事，有什麼希望、要求或期待，應該清楚明確的表達出來，若只在心裡嘀咕，對方怎會知道？自己又覺得不甘，長期定有積怨。

吳小姐找一個時間，溫和的表達希望共同生活、互相扶持的渴望，一起解決困難。即使無法達到目的，起碼妳也能探測出對方的實際心意是怎樣，屆時再來決定兩人的婚姻要怎麼走下去。

沒有努力就離異的婚姻很可惜，何況你們剛生下一個孩子。

第22計

增加互動，才有交集

前言——幸福婚姻，性很重要

婚姻美滿的夫妻，泰半性生活都算不錯；而性生活不協調者，婚姻就很難圓滿。所以我們會說，性是幸福婚姻的必要條件，性生活不好（或已完全沒有），婚姻生活極大可能也存在著無法解決的困難。

有些婚姻，一方常以宗教為由拒絕行房，甚至提出離婚要求。如果理由不是藉口而屬實，那就非常不幸，因為信仰這種理由有時堅定得難以撼動。除此之外，突然或短時期之內逐步至完全拒絕行房，往往都有不可言宣的理由，另一方應該細心觀察找出真正原因，及時補救挽回。若是聽任發展，等到無可挽救可就來不及了！正常夫妻必須有正常的互動，被一方以模糊的理由拒絕性生活，其中總是隱藏著令人不安的真相。

案例一——無性婚姻令人不安

努力挽救婚姻的Minnie說：婚前和丈夫交往四年，雖相距兩地，但見面都能享受熱情的性愛；現結婚八年，育有兩個寶貝，卻再也沒有任何性生活。丈夫上夜班，往往都是太太去上班之後他才回來，一週只有星期日才有相處機會，但丈夫完全不碰她，Minnie主動求歡亦遭拒。他否認有外遇，只說工作太累。但Minnie擔心無性婚姻到底可以持續多久？

廖老師的建議

男人突然對太太性趣缺缺，有很多原因：工作太累、各種心理因素，或者性功能障礙；甚至因外遇消耗殆盡無能為力、或為外遇守貞不碰太太都有可能。碰到這種狀況，Minnie先應明察秋毫，仔細觀察丈夫的言行舉止和其他狀況（如網路交友、MSN、臉書、e-mail 等等蛛絲馬跡）；或了解一下上班同事交往情形，看看是否有什麼異狀？畢竟兩人作息、工作時間顛倒，一天中有交集重疊的時間極少，知道情況才能掌握狀況。其次夫妻多懇談一下，如能突破丈夫心防最好，也許是工作的問題或健康問題苦惱著他。

如果是性功能障礙那方面的問題，反而是相對簡單的事。不舉或勃起功能障礙，攸關男性的「尊嚴」問題，很多男性都隱忍不發、苦己苦人。其實這是很容易解決的事，找醫生看診，泰半都能對症下藥。性功能障礙，就如老病，更容易因其他壓力造成，這雖與尊嚴或沒面子絲毫無關，但要說服先生求診仍會有相當困難，所以夫妻感情好、平素溝通無礙，有助於開這個口。除了各大醫院門診之外，我知道有一個由專業醫生組成的男性醫學會，針對這方面的問題有全套解決方案，可以提供民眾詢問。夫妻生活長長久久，魚水之歡太早被迫結束，未免遺憾，何況解決方法又不困難，何不試試？

案例二——

閃婚數年遇真愛，要不要離婚？

邵小姐自認相貌普通，沒什麼戀愛經驗，三十歲那年父親病重，她在長輩介紹下相親閃婚，先生大她十歲，幾年來婚姻平淡無交集；但半年前開始與單身年齡相仿之男同事越走越近，她不禁後悔當年隨便嫁給互相沒感覺的人。她很想離婚與男同事在一起，但又拿不定主意，親友團的意見也很分歧，有人認為既然沒感情，先生早晚會甩了她，不如趁現在有對象，先下手為強求去，抓住幸福！另一派則以為：男同事今天可以介入妳的婚姻，看起來沒什麼道德，所以將來也一定會劈腿……使她更不知如何抉擇？

廖老師的建議

和先生沒有生育的邵小姐，所以會陷入這個漩渦，是因為「兩人工作都忙，每天各自上下班、各自交際應酬，感情平淡沒有交集」；所以才會和談得來的男同事有了談戀愛的感覺。姑且不論這位男同事是否真正打算在邵小姐離婚後與她結婚？也姑且不論他結婚後會不會劈腿？因為這都是後話。目前的婚姻與戀愛中的男同事，事實上不能相提並論，所以也沒有馬上要選擇的急迫性。換句話說，邵小姐必須先處理她的婚姻。

這婚姻真的無可救藥了嗎？還是只因兩人都不知如何更友善、更良性互動的相處？只因工作忙、各自照婚前的模式過活，導致今日的冷淡？還是另有不可告人、無可挽回的因素？如果沒有大困難，我建議邵小姐拿出智慧和勇氣面對她的婚姻，先找先生懇談：「我希望我們的婚姻能更好，我希望我們能更相愛、互動更多、更像夫妻……我希望關心你，也被你關心……」改善婚姻才是第一要務，為了這個，妳必須先改變態度、心境和做法。試試看吧。

第23計

保留百分之二十五的時間給自己

前言——相處很重要，保留私人空間也很重要

愛情要學習的不是只有相處，還有一塊很重要的地方：如何暫時離開對方，也讓對方離開妳的管轄範圍——換句話說，相愛的兩個人都該有暫離對方、出去放風的時刻。

想想連體嬰行動有多麼困難！如果情侶或夫妻時時刻刻都必須和對方綁在一起，那有多可怕？想想一個正常的男人或女人，會多麼渴望一天之中或偶然有一段能做自己事情的時光，這是多麼重要而可貴！

交往時就保持百分之二十或二十五的時間給雙方，不是去做壞事，而是避免全天候糾纏的惡果！能善用並享用這段時間的愛侶，會讓自己更清新、更具魅力，這小小的暫離時

段，可以釀成甜點，讓雙方相處更滿足。

案例一——愛到快窒息只想逃

面臨相愛容易相處難困境的Choice問：她和先生談了五年多戀愛才結婚，先生比她大八歲，離過一次婚。她婚後跟著先生到新竹，異地陌生、無親無故，害怕孤單寂寞、害怕先生會把她丟下，所以他到哪裡她就會跟到哪裡；更有甚者，她害怕他會有小三，所以連電話都想幫他接。

本來也以為相愛這麼久才結婚，應該會很幸福才對。誰知從蜜月到現在，幾乎都在吵，吵架的原因都是些小事，意見不同，本想聽他的，但他口氣讓人聽了很不爽，結果就吵架……

常吵的結果彼此都沒好話，丈夫說他根本不愛她，真正愛過的是第一任；叫她成熟點再讓他愛上她；還叫她把愛收回去……

Choice不知該如何做才不會毀了婚姻又毀掉感情？

廖老師的建議

我不知道Choice 現在幾歲，雖然很多人誤解愛情好像必須要朝朝暮暮、二十四小時都黏在一起才幸福；其實這是錯誤的！一對一的感情，本來就會常常讓人感到窒息，更何況緊迫盯人到連電話都想幫對方接，會讓對方感到自己已經被侵犯、被限縮到毫無自我的空間！

兩性相處最好的安排是百分之七十五相處時間、百分之二十五自己的時間，因為有這百分之二十五，才讓那百分之七十五更有品質。做什麼都綁在一起，對兩人都是一種虐待。你不能既要知道他在做什麼，還想知道他在想什麼，Choice應該練習在異地生活和生根，慢慢發展出自己的交遊與節目，別緊抓著先生。雖然先生也很不成熟，講了那麼多傷人傷己的話！不過，我還是希望Choice先改變態度自立起來，等妳更有信心了，再看你們的婚姻走不走得下去？要不要走下去？祝福妳啊。

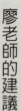

案例二——帶著「原罪」嫁豪門

婚前豪放、婚後被禁錮的Fanny悲哀陳述：父母婚姻不諧、存錢出國夢碎，讓她頓悟人生苦短、青春不要留白，因此求學、愛情之經歷備極精彩。親戚介紹與製造業小開認識，他古意而有內涵，交往兩個月上床，兩人非常契合，認識第三個月結婚。

先生對她婚前交往非常在意，逼問詳情，為此不斷爭吵。儘管她洗盡鉛華、克盡職責、和先生移居海外公私兼顧，仍難贏得先生信任，只要不在視線內，他就狂叩，更不可能參加任何聚會。

十一年與世隔絕，被禁錮的她想參加同學會，先生讓她二選一，「不是將過去事一件一件交代清楚，就是和過去一刀兩斷！兩人在一起多久，這原則就適用多久！」難道她一輩子都得活在卑躬屈膝下、連一點自由也沒有？

廖老師的建議

先生是中型企業的小開，以為老婆也可以像管工人那樣管；話說得好聽，一切乃肇因於她婚前的精彩，但三十二歲的女人，哪會沒有過去？不正因為她婚前的經驗才造就她如此忍辱負重、宜室宜家？為什麼男人常用這種太超過的控制狂禁錮女人？不過，講這些話都太遲了！面對質問，Fanny一開始可能表現太弱勢和閃爍含糊，反而引起先生猜疑；妳十多年忍氣吞聲，更讓他的權威無可撼動。

依先生個性，可能會蠻幹到底，很難妥協，所以硬碰硬一定破局。孩子都生下好幾個，離婚也讓父母傷心，如果Fanny放得下這一切就可找律師提離婚，但過程因先生的執著應該會很痛苦。不離婚就只能讓自己走得下去。建議妳把自己身心狀況告訴他、尋求他的諒解和協助，也許要用異於往常、但他較能接受的方式進行，妳那麼聰明又了解他，請找方式溝通。當然會很困難又非常漫長，妳要撐得住！

第24計

清理門戶，拒絕另一半與人曖昧

前言——另一半心已不在，怎麼走下去？

男人以「精神外遇」並沒有真正的實質肉體外遇為由，名正言順的與女同事搞起「青衫至交和紅粉知己」的真實情境，不僅在辦公室內隨時互吐心事、朝夕相處，連女方和其丈夫的床第大小事都告訴男方；再發展下去，到底會變成什麼情況，真令人憂心。

這些已成別的女人青衫至交的丈夫，早已決定橫心向外遇的途徑邁進，連妻子揚言要離婚都不在乎，可見他真的沒在看重這婚姻關係。

如果丈夫的心已不在，倒好處理；問題是太太不甘放棄、不願離婚。太太在不能扯破臉的前提下不敢鬧大，否則也有一些兩敗俱傷的方法：告訴對手女人的丈夫、如係公家機關，就向機關告發——但這些都必須以離婚為前提。離婚，對女人真是難跨的火山。

不過，妻子對丈夫這種行為都束手無策的話，後者根本不會將婚姻和太太放在眼中。

想想看，丈夫和女人，他們最害怕的弱點是什麼？再衡量這樣的婚姻還剩下什麼？自己離婚後真的挺得住嗎？沒有清理門戶，丈夫根本不會鳥太太；只是，刀砍出去，後座力也一定會砍傷自己！身為老婆，妳頂得住嗎？

案例一——可怕的「精神外遇」

結婚十年的Candy原本婚姻幸福。兩年前偶然發現丈夫和女同事頻繁通電話傳簡訊、有精神外遇（對方剛與男友分手）；經她抗議、爭吵，他答應終結一切。不久他調離原單位，因放不下女同事而悶悶不樂，原來他們早已深陷感情之中！她再次要求兩人斷交獲口頭答應，誰知二人依然暗渡陳倉，再被發現，丈夫表示這沒什麼，是她太單純大驚小怪，不但不肯斷交，反而鼓勵她也去找個異性這樣做。他不離婚也不中止精神外遇，她和他分房，但又禁不起他求歡次次答應。但是，問題沒解決，怎麼走下去？

廖老師的建議

經過兩年（也許早在Candy知道前，他們就開始了！）朝夕相處和互相存問取暖，Candy老公與女同事之間的情誼，應該是越來越深固了吧，即使一開始雙方都沒有抱著要不倫的心，但情不自禁之下，卻終於走到這條路上來了！他從一開始的認錯、允諾斷交，一步一步走向強硬不認錯、堅持不斷交，甚至不惜和妻子分房睡、不在意她提離婚威脅，我覺得這精神外遇發展下去，情況非常詭譎而不樂觀，他是表明了要一意孤行、蠻幹到底的樣子。

我有兩點建議：Candy 基本上沒有能力離開丈夫，不要再做姿態吵嚷著要離婚了！這樣反而弄巧成拙、自取敗亡！可以要求丈夫一起尋求婚姻諮商，在專家的協助之下努力挽救婚姻，從來沒有任何婚姻，在丈夫長期有「精神外遇」的情況下還可以圓滿的，這點需要有專家給她的先生當頭棒喝！不然他只會一味欺負她。

在這段期間，Candy不妨重新檢視自己的心：到底自己離得開丈夫嗎？離婚後還可以恢復過來嗎？而如果能復合，自己需要做些什麼改變，能讓夫妻感情回溫？

謀定而動，至少不後悔。

案例二——丈夫是別人的青衫至交

永和「煩惱蘇」問：結婚八年，夫妻感情算好，唯一讓她苦惱不堪的是丈夫的那些紅粉知己。丈夫個性好，辦公室內不管已婚未婚的女同事，有任何煩惱，都向他傾吐：她家丈夫外遇、不能溝通；婆婆強勢、孩子叛逆等大小事都告訴他，甚至夫妻性事、內衣尺碼，他都知道！丈夫如實轉述，她嫉妒到要發狂，問我怎麼辦？

廖老師的建議

一直以來，兩性都有「青衫至交、紅粉知己」的曖昧情況存在，雖說並非以愛或性的吸引力開始，但互吐心事，互訴委屈，一不小心逾越分際，很容易會擦槍走火。

蘇小姐的丈夫善於傾聽與寬解他人，頗受女同事信任，以至連胸罩尺碼和一週夫妻嘿咻次數都有人告知。被人信賴兼知悉他人夫妻秘密的窺探快感，讓他自得其樂越陷越深；雖然「如實」向妻子轉述以表明忠誠，但他或對方心境、態度、相處模式的細微轉變，是否可能如實相告？

很多背叛事例，都是經由如此「無邪」的友情模式開始。而未曾受過婚姻輔導專業訓練的一般人夫，冒然無畏的逾越分寸，其實是相當危險的。

即或沒有背叛妻子的事實，但這種「親密」情形已超越妻子應該容忍的界限（毫無底限的做女同事的青衫至交，再假誠實之名如實向妻子轉述，看起來像不像刺妻一刀、再在傷口上撒鹽？），我建議蘇小姐嚴正向丈夫抗議，不能再允許他以她「善妒」為繼續這種行徑的口實！否則，某一天，紅粉知己向他借肩膀靠一下、或讓她在他懷裡哭一會兒，如果她正好是他的菜，或他那時與老婆正好有點「不妥」，誰能保證不會發生什麼事？

漫長婚姻中，人的忠誠很難禁得起考驗，這就是為什麼有時得清理門戶的緣故。

—第25計—

冷靜接招，處理惱人外遇

前言——

委屈也無法求全時，要懂得保衛自己的權益

當外遇已侵門踏戶，儼然一副要把元配掃地出門的氣勢；而心在外遇身上的丈夫，更完全以小三的先鋒自居，限時逼離元配。後者完全無力反擊，被丈夫的恐嚇挾持住了！除了悲哀，完全無解。

我還是一句話，這種時候，即使示弱、退讓、不計較，對方二人組也不會對妳手軟。這已經不是恩義問題，而是權益保衛戰，請教專業律師如何在妻子的權利和財產的爭取上取得至少公平的對待。而被逼的元配，更毋須配合對方兩人的時間表去離婚。

當委屈也無法求全時，應該倒打他們一耙。

案例一——小三強勢，步步進逼

被小三節節追逼的Jane：有博士學位的Jane，婚後兼顧職業與家庭，將一對子女拉拔長大，子女在美國，分別就業和攻讀博士。

而六年前因不孕婚姻不諧，對男同事（即Jane之夫）訴苦發生婚外情，最後離婚的Amy，成為Jane夫之小三暨創業伙伴；Amy婚姻本來就有問題，與他人丈夫過從甚密從而發生婚外情導致離婚，也該怪自己。Amy卻怪罪Jane夫主動追求以致之，所以脅迫對方離婚娶她，否則將自殺，並把Jane夫「始亂終棄，強制性交致他人羞愧而死」公諸於世。Jane夫順水推舟和Amy既同居又合夥，對元配步步進逼，Jane夫難得回家，Amy候在近處等著接人，不讓男人久留。

六年來Amy節節進逼，勢在必得元配之位；Jane處處隱忍，對丈夫外遇震驚之餘亦深切反省，努力修好；痛苦無助求助宗教成為基督徒。百般忍辱只贏回丈夫部分的心。有時也覺這種婚姻留之何益？但如果拱手讓人，豈不令Amy稱心如意，讓惡人更加囂張？於是左右為難、痛苦不休。

廖老師的建議

Jane的痛苦全因丈夫自私任性而來，他假裝受挾制不能拋棄小三，偶然回家又想兩邊兼顧，真是個壞到極點的爛男人。沒有他的撐腰，小三不會如此囂張！什麼「強制性交致他人羞愧而死」根本不能成立，Jane的老公只是藉口亂來罷了！

Jane目前的問題全看丈夫準備如何解決？看起來他是想兩邊通吃。忍下去這麼痛苦，放手又不甘，好難過。我覺得孽緣難了，Amy好不容易抓到條件這麼好的人夫，合夥加孽情，越綁越牢。但Jane也有優勢，要不要放手全在妳。請妳堅強起來，找律師研究出對妳最好的條件，等想通了再行動。小三很急，妳就按兵不動讓她等。重要的是掌握有利的局面、聽從內心的聲音，找最好的時機點行動。

案例二——為小三，丈夫強勢逼離

結婚十二年，有兩個小孩，目前三十九歲的艾莉來信：她的婚姻尚稱平順，但數週前先生突然強硬要求盡速離婚，以便給今生唯一真愛的小三（三十歲的離婚少婦）保障。

丈夫採用恩威並用的方式，「恩」就是騙她趕快離婚，這樣才能給孩子「保障」。他一方面強力要求艾莉把目前有房貸四百多萬的住家賣掉變現平分，一方面騙艾莉說，因為小三在他地，所以夫妻離婚後仍維持目前的狀態，住在一起而不同房，孩子可以常常看到爸爸。「威」的手段則是因他知道艾莉離不開他、又不知怎麼跟孩子說，所以他威脅艾莉：不辦離婚手續，他即刻走人、讓孩子看不到爸爸……艾莉很愛丈夫，也不希望孩子沒爸，卻不知能怎麼辦？

廖老師的建議

突如其來的變故，讓艾莉驚慌失措，沒有人可以商量，更讓她只能以淚洗面。男人原來只有這個手段：欺騙與強迫。看清楚這點，女人必須冷靜接招，不管離不離婚，都不能因悲傷、害怕或婦人之仁而「喪權辱國」，一定要在對自己最有利的情況下從容考慮再下決定，這一部分應該請教律師或委託律師，花費不多，但保障更大；也不會被男人給嚇呆而做出傷害自己的決策。

父母離婚孩子總會知道，艾莉自己要先堅強。現在的情況是：即使妳一再退讓也挽不回他了，他拿孩子在當籌碼，妳乾脆慢下來，好好思考，等決定了再行動，何必配合這種負心人呢？

第26計
活在當下，用心經營

前言——認清現實，舊夢無法重來

有些女人，在目前的安定婚姻中過著平和的日子。或許太平和了，總想有點刺激，所以就想起老掉牙的外遇，幻想時光可以倒流，她可以像年輕十幾歲的那時，再回去和當時的外遇男友重溫舊夢……

但她也知事實無法如此，所以罹患憂鬱、躁鬱等病，認定只有他能救她。人生根本無法重來，經過當時她的欺騙（未告知她已婚、且有兩個小孩）和不告而別，十幾年後回去找他，她能確定他會重新接納她？而且他現在是否依舊單身，可以自由與她重溫舊情？

往者已矣！即使現在婚姻沒有激情，但至少還得顧念正值青少年的三個子女。一個能讓妳來來去去一兩回的婚姻和丈夫，至少也該令妳感念一下吧？心念改變，生活才能回來。婚姻也不是只要求對方而不反求諸己就可以。建議先看醫生控制病情，在自己的生活裡找尋重心吧，也許可找娘家姐妹協助、傾訴。

案例——那一段，回不去了！

ab小姐問：十多年前，她曾有段外遇；當時情熱，未告知對方自己已婚、有兩個小孩。後來丈夫改善態度，加上她不確定外遇對象是否能善待她的小孩、負擔得起孩子們的教養費用，最後選擇不告而別。

十幾年來，家庭平和，她又生下第三個小孩，丈夫在國外工作。然而她卻不能忘情外遇對象，一直想他、找他，罹患憂鬱症、躁鬱症，認定只有他能救她。

怎麼辦呢？

廖老師的建議

我要打破妳的迷思：失去的，未必最好，甚至有可能是最不好的。

十幾年前，想必妳依然年輕貌美，可以瞞騙已婚有子女的真實身分（不是說妳故意騙人，而是外表足以騙人）談戀愛；但當愛情要天長地久時，勢必面臨攤牌；妳很聰明，膽子又小，所以選擇回歸原來家庭，生養第三個小孩，一家算是和樂。

想想如果妳當時選的是外遇對象，結果會是什麼？首先，他會一直愛妳的小孩嗎？這事妳也存疑，沒有一起過日子不會有答案，但比起生身父親而言，這一點風險很高。妳又懷疑對方是否有能力負擔孩子的教養費，所以我猜對方年輕或收入不豐。話說貧賤夫妻百事哀，何況還有「非他所出子女」這個吵架誘因。這些年在丈夫給的安逸環境下，妳又懷念起外遇激情，忘了當初離開的因素，放大且美化了它的一切。找他做什麼？事過境遷、人面桃花，兩個人的境遇與情懷都改變了，妳——回不去了！

現在既有的一切，有丈夫努力的汗水，難道不必珍惜？妳說因信仰關係，過去

「外遇」的罪惡感一直折磨妳。其實無論什麼宗教都可誠心懺悔，真悔則無過。妳的問題是做了選擇又不願順勢努力，腳踏一船、手拉另一船，如何不身心撕裂？過去回不去了，經營現在吧！

第27計
外遇往往一發不可收拾

前言——外遇好不好？

晚節不保，並非老男人專利；酷愛幼齒（或小狼狗），也並非男人才如此；哪一個人可以美色當前、青春的肉體橫陳而能夠不動心的？男人如此，女人也好不到哪裡。但通常都是男性備受非議，原因不外是：男人老了，只要他還有權力或任何社會的光環，他老去的事實就會被這些光環掩蓋，照樣能夠吸引年輕女性；但女性年華一旦老去，即使有金錢或其他社會光環，願意捨身相陪的異性，相對就少了很多——既然豔遇困難，發生醜聞的機率自然就小。

也有很多女性向我反映，說她們的婚姻形如雞肋，看不到關心和疼惜，真想外遇！還問我好不好？

我認為外遇的發生完全看機緣和意願。兩個銅板碰在一起，雙方都願意碰撞，所以就發生了！既有機會又有意願，缺一不可！現在兩性相處的機會這麼多，很容易發生情感交集，已婚未婚的分際如果沒堅持把守，什麼事不會發生？所以，只要有心，外遇是很容易的，根本不必費力尋求。當然更毋須尋求任何人的「恩准」。

案例——外遇易放難收

前陣子有兩位高知名度的後中年期男性爆發私行醜聞：其中之一因係政務官，又是在工作日未假帶年輕女友到中南部旅遊，而且一週兩次，頻率太高。出事之後，該政務官雖在鏡頭前勉強向民眾道歉，但語氣充滿憤懣，直言自己常加班，甚至勞累至住院亦無人聞問——言下頗有非常難平之怨。不過，因失業率在當天新聞中正好飆到百分之五點八一，政務官在此經濟困窘之時竟如此散漫，在社會觀感上很難說得過去，因此雖然閣揆慰留，幾天後還是不得不含恨辭職。

其實，人們比較關心的是另一層面：亦即他去年十月和元配離婚，現在被爆出女友好像有孕，民眾想知道的是現在女友是否為造成他離婚的直接因素？如果是，就有可議之處（這消息見諸媒體，顯然是有人搞他）。其次，人們關心的是：為什麼老男人都可以找到幼齒女友？或老男人為什麼偏愛幼齒女友？

當天剛好還有另一則新聞是有關文壇六十六歲名嘴，因與從前的學生發生性醜聞而被女性向教育部及學校檢舉的事，女學生只有二十六歲。年齡的懸殊，又成為議論紛紛的焦點：為什麼老男人碰上幼齒發生畸戀，往往都必須弄到晚節不保？

廖老師的建議

外遇最困難的地方，是收尾的時候。怎麼樣結束才能賓主盡歡、無人怨恨或不甘心？何時收山，才能春夢了無痕，既享受卻也未被配偶抓到，雲遊一場仍然回到舊巢，依然是恩愛夫妻？

外遇的難處，常常是兩個人想「放」的時間不同、想放或不放的情懷不一樣、或放得太慢壞了事情。像剛剛講的教授和學生的事，男的叫她「就做我的情婦，即使妳將來結婚了，也照樣回來和我偷。」但人家女性可不是這樣想的，她問：「你把我當作什麼？」事情就爆了！

誰不想再戀愛一次？但外遇一發不可收拾，讓人身敗名裂的往往是這不可掌握的結束。

第28計 「仁慈」是婚姻的要素之一

前言——熟年離婚風潮

最近有一齣日劇《熟年離婚》，不知觀眾是當它僅是戲劇，姑妄觀之；還是真的意識到這種熟年求去的風潮？

根據日本方面的報導，由於法律新規定：結婚十年以上，妻子離婚可得丈夫退休金的一半，因此，忍耐了大半輩子的家庭主婦，算計一下，發現繼續維持婚姻，自己還是得持續做老媽子，直到老死，丈夫既不會給薪水，還照樣頤指氣使，倒不如接受政府的美意，辦妥離婚手續，拿了丈夫退休金的一半，快樂走人，結束僕傭式生活。

現在日本社會，佈滿退休後「莫名其妙」面對妻子求去的男人，離婚後連日常生活也難自理。所以坊間出現許多教男人如何做簡單家常料理的補習班，免得他們餓死。

相對於日本社會的「平等」，台灣女性要等到這一天，好像還有點遙遠；不過，雖然不像日本社會那樣，熟年和年輕夫婦成為離婚曲線的雙高峰，但熟年或中年提出離婚的女性，似乎也有越來越多的趨勢。台灣雖然沒有政府的政策為女性撐腰，但台灣女性受過高等教育、有著不錯薪資的還真不少，許多人勞累大半生忽然覺悟「所為何來」，往往也會觸動離婚的念頭。

繼幾年前的調查，很多雙薪家庭，女性的薪水有八成都用在家用上，換句話說，男人可能多少付點家用錢，但往往離實際家庭所需費用太遠，在完全不夠的情況下，女性必須以自己的薪水應付家用。至於有沒有向男人抗議或爭取，答案是有的，但男人大半相應不理或賴皮，反正家用不夠，身為妻子母親的女性，絕對不會儉吝不拿出來，這是女性比男性無私、講義氣的地方，也是女性普遍貧窮的原因。

或許男人到現在還自以為得意，以為可以如此繼續耍賴下去，他們不知道女性已經不再像從前那樣甘於一往無回的待在沒有品質的婚姻裡了！

案例——
熟年離婚

有位藥劑師嫁給一位中醫師，後者在家開業，前者出外上班；丈夫長期只給三萬元家庭月用，不夠的全要妻子自己墊付。如此十多年過去，丈夫對妻子的恩義，即使有，也在這種吝嗇的行為中被淹沒了。有一天，妻子無意中發現丈夫付給中醫院裡的藥劑師薪水，比每月給她的家用還多，突然驚醒！她問婚姻諮詢師說：「我還有必要繼續忍耐下去嗎？」對一個長年蠟燭兩頭燒的職業婦女兼家庭主婦而言，如果辛苦工作兼持家的同時，能感受丈夫的恩義與體貼，所有的犧牲奉獻或許不會那麼沒有意義；但如果正好相反，犧牲下去連說服自己的意義都沒有，那麼，堅持下去的意義又是什麼？

最後她申請離婚，也獲判離婚。

廖老師的建議

我並不是鼓勵中年婦女離婚，而是警告所有對妻子兒女不夠仁慈的男性要有所警惕，婚姻裡很重要的要素之一就是仁慈，刻薄寡恩、給家用就像賞賜一條狗一般，再也不是有經濟自主權的女性願意忍受的。婚姻本就會有相當程度的犧牲，如果配偶再不有恩慈點，要婚姻，所為何來？

離婚新生活

第29計

離婚前先問自己夠不夠堅定

前言——離婚究竟對不對？

本來就會家暴的丈夫，現在有了剛離婚的女同事當小三。太太二十歲認識先生，十六年後才結婚，婚後六年他就搞小三。兩人無子女。太太想提訴訟爭取自己該有的，只是不確定離婚對不對？

我想，一個女人把人生中最美好的二十幾年都奉獻給丈夫，在中年被丈夫背叛，老實說要下決心離婚是非常困難的事。只是，這由不得她，對方和小三只要分不開，他們會逼元配離婚的。還是認真爭取自己的權益吧。

案例一——好心到連丈夫都送給她

「現在正在努力的女人」來信說：她現年四十二，二十歲時認識先生，到三十六歲才結婚，沒小孩，先生前幾年都在國外工作，那段時間他對她最好，婚前則常對她動手。她以為忍耐可以改善一切。

前年底先生回台工作，適逢他公司有位女同事（也是她朋友）婚姻出狀況，夫婦倆合力或輪流陪她，掏心掏肺對她。

結果是丈夫和她有了姦情。

發現這婚外情的三個月期間，先生對她不聞不問，同時被先生和好友背叛的她，瘦了七公斤。在領教人性黑暗之餘，決定提訴訟捍衛權利。

當然這只是一個想法，不一定會付諸行動。因為她的許多朋友都勸她，如果提訴訟後他回頭求她，要她一定得原諒他。

但她被如此傷害與背叛，已經痛不欲生；想到這麼多年來，她陪他從無到有，那麼努力、盡心、無私，而他們卻如此傷害她，讓她真的無法仁慈，如果她決心且選擇不原諒，

廖老師的建議

「現在正在努力」的朋友，其實傻得可以，當然也是太善良的緣故，所以只顧著發揮愛心，沒有防備，結果促成了先生和小三的婚外情。

老實說，兩個人在一起二十二年，婚前男人就會打她，她沒離開，反而更委屈求全、以德報怨，讓男人認定她允許他可以這樣對她。既然如此，他又何必好好待她？有外遇的他，連隱瞞都不想隱瞞，表示他不在乎妳，也不怕妳。如果妳告他再原諒他，妳認為他可能好好回報妳嗎？還是變本加厲報復？

要訴訟就找律師，一定要有必勝的準備。要離婚就先問自己夠不夠堅定和勇敢，答案如果是「不」，那就算了！很多女性離婚後更痛苦，要離婚——先問自己一個人有沒有本事快樂再決定。

案例二——離婚是說易行難

丈夫二次外遇的星星女士問：結婚十九年，她的丈夫第二次外遇。這回外遇的小三是先生好友的離婚老婆，比她老公年齡大，對男人很有一套。

彼女據說（當然是據當事者星星所說）手段高超狠辣，把老公財產騙到手後，即將老公趕出去且辦離婚，與星星的老公在一起好幾年，從前年開始，小三挑唆她丈夫，不定時回家糟蹋她（如何糟蹋，詳情未述）。星星想離婚，但後者不肯，表明兩個都要。不過，雖然還要星星，但她身體不好時，他卻不理不睬；平時休假就載小三出去玩，小三不舒服就載她去看醫生……

星星苦於老公完全不理她卻又不肯離婚，問我怎麼辦？

廖老師的建議

所謂舊不如新、元配不如小三，通常都發生在外遇正夯時。元配備受冷落，本是一種正常現象，何必事事和小三比較乾生氣？最重要的是：妳真的想要離婚嗎？妳真的有能力和條件離婚嗎？還有，妳覺得先生真的回不來、婚姻無可挽救了嗎？離婚後妳有把握過得更好、不再懷念先生嗎？

妳說得不夠詳細（子女及經濟問題），但依我判斷，妳還沒認真想到離婚，還停留在和小三吃醋比較的狀態，完全沒有衡量其他條件的心思。

心定才能談其他。妳應先讓自己避免繼續被糟蹋，然後再要求生活及身心不受小三影響。想清楚、心意已決之後，可找律師了解離婚的攻防策略。

如果不想離婚，就得思考怎麼讓自己在婚姻中自保、存活，乃至談判。有時找律師，只是讓自己有談判的籌碼而已，可進可退。離不離都可，最重要是別繼續受苦受虐卻一籌莫展，只是嘴裡嚷嚷而已。

第30計

讓自己煥然一新，離不離開沒問題

前言——以德報怨後抗議就無效了

未婚交往時，女方都容忍男方同時交往別的女性，等到男方願意娶她，還以為從此守得雲開見月明了！誰知丈夫還是慣性外遇。

此時元配開始表態生氣、干預先生的外遇，後者非僅沒有悔改或自省，反而開始惡待元配，好像以為：既然妳婚前都願容忍他的外遇不斷，現在又對此生什麼氣？錯的居然是她而不該是他！

為什麼？因為元配從一開始就接受他的外遇不斷，再來的不是很自然很應該？生氣才不對嘛！

這就是我一直說的：愛情裡沒有「以德報怨」或雙方地位的不平等！一旦接受，妳就永遠也不能抗議了！

案例一——要不要和先生的外遇共存？

惶恐終日的劉小姐說：先生是她的初戀，也是唯一，交往當初，他同時和她及另一女子來往，劉小姐也接受，歷經四年半，先生終於願意定下來和她結婚。

婚後先生一直在國外工作，十九年來，劉小姐充分信任，自覺家庭幸福。先生不抽菸、不喝酒、不晚歸；按月給錢、每年都會帶全家去國外旅遊、供兒女到美國讀大學；夫妻沒有惡言相向過，性生活更沒有問題……直到前年發現一張旅館發票，一路追查，才知他和多位女子有多年曖昧關係。

先生外遇曝光後，她開始「適時表態」，兩人關係僵化；甚至因劉小姐掌控他的手機，企圖代接外遇女性的來電、截斷他所有的女性「外電」，他開始「反擊」——向家人和子女說她的壞話、放話夫妻可能會分手、對她吹毛求疵、夫妻感情日壞。

劉小姐這兩、三年來不僅痛苦不堪、罹患憂鬱症；而且一直在放不放手間掙扎。她不知該離還是忍下去？

廖老師的建議

劉小姐依然深愛丈夫，卻苦於無法禁絕那些小三，如果來硬的，只有破局。我個人判斷劉小姐無法斷然離婚（丈夫是她喜歡的型，高瘦斯文，又極注意保養，看起來比實際年齡少十歲），我建議她放開那些早已發生、她無力消滅的小三事件，好好過日子，一定要像先生勸她的：保養運動，不要放棄自己，找些喜歡的嗜好投入，快樂起來。這段時間先不要去想離婚的問題（但不妨模擬試試看：自己可以離開他獨立生活嗎？），也不要爭吵，當妳煥然一新，也許情況會不一樣。

案例二——現在他只愛我嗎？

備受丈夫慣性外遇傷害的yc女士來信：與大學同學交往加結婚三十年。丈夫婚前有固定女友yc，但交往八、九年中，只有服役的那兩年沒劈腿，其他時間一直亂來；結婚前一週，還接到人夫電話抗議丈夫與他妻子搞不倫。婚後六、七年和女秘書再搞外遇，搬出去同居三年多，yc女士未哭未鬧未找小三，丈夫在妻子「無言」的包容下回到家裡。爾後，以為回歸家庭的丈夫，又與EMBA同學Mina搞外遇，yc渾然不知，及至他二人吵架再復合，yc才知道：丈夫以同一親密稱謂叫女秘書、Mina和yc三人。

她想弄明白，如果丈夫還愛Mina，她就放手，不夾在中間。因某塔羅牌老師告訴她：丈夫的外遇會不斷發生，老了、玩不動了才會回家。可是，孩子大了，她不想陪他過這樣的人生。她該怎麼抉擇？

廖老師的建議

yc女士想聽聽我的意見。如果是我，當然選擇分手。但這不是我的人生，是妳的，所以妳要自己決定。妳這麼愛他，甚至因他外遇差點自殺；這些年，他雖知道妳好，會買鑽戒、鑽錶給妳，帶妳旅行、給妳家用；但，女人要的不只這些、不是這些；而是不和別的女人分享丈夫這件事，才是最重要的。但妳以前根本沒向他要過，他大半輩子都被女人寵壞了！

在我認為，妳離不離開全看自己，先問自己幾個問題：離開後妳肯定自己會更快樂？經濟沒有問題？丈夫那些不倫將不再影響妳？妳對往後人生有計劃？

如果答案都「是」，那不妨放手一搏。但，要想得很清楚。不要做之後才後悔。

第31計

模擬離婚，做好準備再走

前言——

想離婚，先從心理開始自我訓練

很多被背叛的元配都曾動過離婚的念頭，但最後總是瞻前顧後、怕這怕那，很少真正離成婚的。幾乎是只要丈夫或小三沒逼太緊，元配最後就是忍下來，雖沒把小三擊退，委屈也無法求全，卻也只能偏安罷了。

為什麼？因為離婚對元配沒有什麼保障；因為不願讓賢由著小三快活；因為害怕離婚後，自己無法獨立、快樂，無法再找到第二春或其他的男人。

很多的害怕必須配合離婚法條保障婦女；但更多心理層面則要靠女性自我堅強。如果害怕自己離不了婚，不妨在婚姻遭遇挑戰時假設自己已經離婚，試試自己可以嗎？不必回應丈夫或小三的逼離，以自己的步調做決定，才會有尊嚴和準備。

案例一——模擬離婚訓練自己

徘徊十字路口的大老婆問：先生外遇兩年多，每個禮拜固定出去約會，還不斷逼太太離婚，甚至提出離婚條件：他會給太太及孩子生活保障，孩子由太太監護，他保有探視權。

大老婆拿不定主意，怕家毀後夫妻還有感情，到時破鏡難重圓；又怕自己無力帶兩個稚齡孩子；也怕自己不離婚，眼睜睜看丈夫與小三廝守，自己能否心如止水？更擔心小三跟著丈夫來探視小孩……真是難辦啊。

廖老師的建議

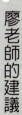

丈夫外遇已兩年多，不冷反熱，不斷逼離，而且明白告訴元配他對她已無感情；我不明白元配為什麼還相信有一天迷途的丈夫會知返，所以遲遲不敢離婚？其實，即使離婚後丈夫反悔想再回頭，到時妳仍握有要不要接受的權利，不會有任何妳現在設想的困難。這點不用考慮。

如果不離婚，看著丈夫與小三出雙入對，何等痛苦？反之，若不離婚，將來是否能再接納背叛的老公？

妳是否想太多而不切實際？丈夫的外遇正如火如荼的進行，妳卻已經連將來復合的事都搶先想了。我覺得將來有沒有辦法再接納老公，可以等將來他真的回頭再來考慮，人生許多事，時移事易，妳的心情也會跟著改變，甚至妳的境遇都可能會有不同，何必現在自尋煩惱、自我設限？此刻是兵臨城下、逼妳獻城的緊急時候，應該想想應變之舉才是上策。

我有兩點建議：妳可模擬自己已和丈夫離婚，先做到眼不見、心恆靜、氣很平的地步；然後試著一個人把小孩帶好。隔著一段距離自立過日子，也許會發現單親並沒有那麼困難。

第二點建議，我覺得可以反將妳丈夫一軍：妳答應他離婚，但小孩讓他監護，而妳保有探視權。不讓他丟下小孩獨自快樂，也是談判的另一種策略。

案例二——藕斷絲連痛苦更甚

婚齡十五年，卻已離婚兩年多的Tiffany，因與前夫無法斷盡情絲而痛苦不堪：當年因前夫外遇不肯回頭，她負氣堅持離婚，他竟也答應。只是兩年多來，前夫一再出現，她也無法忘懷他；他一直說會「回家」，卻始終不肯離開小三，她明知他已不愛她，卻覺得好不公平：他有小三的愛情，又有兩個孩子的親情；而她帶著兩個孩子，很難找到下一個男人，該如何是好？

廖老師的建議

很多女性朋友在丈夫外遇時，往往因意氣而堅持離婚，沒有先考慮自己是否準備好在感情和生活上都可以獨立生活了，就率爾提出或接受分手的決定，結果吃盡苦頭、後悔莫及。

我不是說妳要死賴著不離婚，而是可以選擇什麼時候才離婚。不管是他逼迫妳、或妳自己想分手，在決定前都該有一段稍稍充裕的思考時間，藉著思考來釐清自己真正的想法、鍛鍊獨立的勇氣、訓練再度單身的本領、讓雙方都有冷卻的時間和回歸理性的思維——而且，從容選擇對妳最有利的離婚條件和離婚時機。更重要的是：不致因冒然決定而招致懊悔。

其次，我們有時得打破既有的思維框架，那就是：子女不一定要由女方監護或撫養。這有時是考慮女方的撫養條件，有時則是策略性的做法——讓男方擔負照顧子女的責任，而不是外遇者反倒享有充分單身的自由、助長他得到與小三更多相守的快樂。母親當然會擔心子女是否會被後媽虐待，但跟著不快樂或沒那麼多資源的母親，孩子又有什麼相對快樂的可能？

Tiffany的問題是：妳不放掉已回不了頭的前夫，又哪能找到另一個新男人？人生是有無限可能的，正如愛情。問題是妳要準備好，才看得到機會。

第32計

離婚不能太瀟灑

前言——爭取到生活保障再談離婚

離婚並非比氣度、賭氣、想盡快結束這種糾纏的局面、不計較，或有量就有福這些奇怪的想法當道的時候。

離婚要盡量爭取自己和孩子的日後生活保障才是王道；更不能只看眼前自己的現況瀟灑以對，而必須考慮到往後幾十年自己老後的謀生能力與體力問題，爭取退休後生活不會拮据。

我曾見過很多女性離婚多年後生活窘迫，非常後悔當年因求速離而不想糾纏，贍養費要得太少，現在想再向前夫要一點錢而不可得。法律的保障，也必須要妳願意爭取才行。

案例一——贍養費不能瀟灑以對

一位擔心姐姐晚年生活無靠的H女士來信說：大姐是個幹練的五十六歲女性。結婚三十年來胼手胝足，和丈夫一起創業，從無到有、千辛萬苦，至今公司業務蒸蒸日上，累積上億資產。姐姐因長年無我的日子，且夫妻感情早已淡薄，不戀棧豐厚家業、決定離婚。律師本可為她要求到一半資產或每月二十萬以上之贍養費，卻為大姐拒絕。最後依其意願，以每月兩萬元贍養費離婚確定。

身為娘家家屬，為姐姐的決定非常不安與不捨。H女士想問能為姐姐向前姐夫再多要求什麼嗎？

廖老師的建議

H女士的大姐，可說是典型傳統台灣好女子，也可說是最典型的台灣笨女子，自以為忠孝節義、溫柔敦厚、寧可人負我我絕不負人。結婚三十年，忍人所不能忍，把家業從零掙到一億以上，自以聖賢為榜樣，功成身退，不受封祿，一個月只拿兩萬元基本生活費終老，其餘全留給正當盛年的前夫。

哪個男人不希望娶到這麼笨又不爭的女人？奉獻一輩子努力所得給男人，然後孑然一人、以色衰之身離開家門，讓丈夫全無後顧之憂的坐享億萬資產，準備再找一個年輕的女人來填補空位！

或許有人會罵我心地齷齪，用這樣不堪的心眼來詮釋如此聖潔的事件。我只能夠承認自己心眼真的不好，無法用其他更好的觀點來看待這件事。尤其不能接受一個年近六十、有功無過的女子，基於什麼贖罪心態，居然一個月只拿兩萬元贍養費就離婚的事例；女子何以必須如此自苦？丈夫又怎能心安理得的用這樣的條件離婚？

女性真的不能在離婚時講義氣太瀟灑的輕忽贍養費。這位大姐如果看遠一點點、看到六十歲之後、看到一個人無依無靠面對病痛和龐大的醫藥費時，就知道那絕非義氣支付得了的。那時後悔就來不及了。

案例二——離婚多年、可否再向前夫要錢？

離婚多年的簡女士來信詢問：民國七十七年結婚，七十八年生子，六年後因投資中國，先生開始一連串的外遇，並在赴菲律賓工作時與一菲籍女子生下一女。簡女士在精疲力盡之下，為了照顧兒子安心長大而於八十九年簽了離婚協議書，但和丈夫仍住一起。後丈夫又到中國創業，與中國女子有了小孩，順理成章辦了結婚登記。而簡女士之子在離婚協議書上註明監護權歸母親，孩子上大學之後，父親開始支付學費及生活補貼。但孩子現不唸大學先去服役，簡女士一個人工作所得不夠支付房貸。可否向前夫要錢補貼？

廖老師的建議

簡女士雖早與丈夫辦了離婚手續，其實心裡並沒有確實要和他分手的準備；而且實際作為上對丈夫的外遇也完全束手無策。最後真正分手也是被迫接受的命運。所以八十九年的離婚協議書所簽定的離婚條件，可能也不是深思熟慮思考後才決定的條件。簡女士會不會覺得兩人最終還是不會真正分開，生活還是可以得到丈夫周濟，不致不夠，所以才簽下負擔兒子大學學費和少許生活補貼的協定。

如果以法來看，前夫可以不用再給簡女士任何費用，因為協定白紙黑字寫得很清楚。現在可行的辦法就是私下協商，看丈夫是否念在舊情願意資助。

我不是愛說風涼話，但我一直一再告誡女性朋友：離婚協議書別亂簽，贍養費更不能因為義氣、心煩或隨便簽一簽只求趕快離婚就放水或心軟，否則事後白紙黑字，翻身不得，只有吃悶虧。

永遠要考慮更長遠的將來：包括物價的波動、孩子的教育費用，以及房貸、退休（或突然失業）、生病、養老等因素。妳自己不打算，誰會幫妳想？

案例三——
被嫌棄的婚姻值得繼續嗎？

婚齡十九年一直被嫌棄的王小姐問：現年五十三歲的她，在三十四歲時嫁給曾有一次失敗婚姻的先生，雖然婚前認識四年，但因原生家庭及自己個性都保守，所以對於先生的第一次婚姻完全狀況外，不曾深究。

婚後才知過程複雜，他四十歲之前的積蓄全被前妻花光，前妻又另交男友，吵鬧中發現有孕，女兒一歲時離婚。而王小姐婚後不曾就業，前妻不斷指責她婚後十九年居然不曾出外就業，時時挑撥，加上婆婆、繼女的批判中傷，先生居然就受到影響，數說她只有享受他所賺的一切，不事生產，而他女兒卻要站櫃好辛苦……等，家中常常爭吵不休。她不知該繼續忍受這吵鬧不休的婚姻，還是離婚算了？

廖老師的建議

王小姐的丈夫離婚後，前妻顯然不在其位還干其政，王小姐婚後不孕，可能是引發這些糾紛的導火線。但不孕非她所願，雖是遺憾，應該被諒解；而婚後雖未就業，她卻安分守己，克勤克儉買下房產，多少為丈夫累積了一些資產。

我認為王小姐的丈夫完全沒主見，容易受不相干的人的煽動；我也認為他不夠愛她，不挺她，女人未出外就業，如果將家理好，不代表沒有貢獻。女兒站櫃辛苦，難道她賺的錢都供家用？

如果王小姐繼續待在這個婚姻，我認為越老處境越辛苦；但離婚必有經濟問題，如何在離婚時拿到贍養費，我認為可先請教各縣市家庭調解所或律師（費用不高）。另外，王小姐也可考慮出外就業，離婚後有一份工作，在很多方面都會不同，也有所寄託。當然，最重要是自己要想清楚，謀定而後動。

—第33計—

學會「死心」，才能重來

前言——簽字離婚就要面對現實

有些女性，被丈夫脅迫、哄騙、施詐或施展小小的詭計得逞而離婚，手續辦得清清楚楚；小三也正式入門當家，這些前元配卻還以為丈夫或前婆家人讓她「回家」照顧小孩，是因支持她、仍把她當家人才如此；誰知見到子女和前夫及小三和樂如一家人，這才知道自己什麼都已失去不復返，痛苦到不知如何活下去！

離婚是這樣的，只要簽了字、走了法律程序，那就是確實離婚了。除了離婚手續，其他都是假的，什麼恩義啊、支持啊，全是騙人的。女性至少在這一點上要勇敢面對，簽字就得死心，別再自欺欺人了。

案例一——放開才能重來

雲林斗六Fanny問：九年前小三介入被逼離婚，因不忍與四個小孩分開，選擇繼續留在中部獨自生活，未回北部娘家；這期間由於經濟因素及害怕碰觸傷口，很少去看小孩，最近因前夫出國工作，放任小孩在家，他家人要她回去照顧，她才發現前夫常帶孩子去找小三，並與小三及其前夫所生孩子出遊，「一家」七口穿同款襯衫拍全家福，令她傷心欲絕。正值青春期的大女兒，叛逆不聽話，她怕她學壞卻無能為力……四十一歲的她，只覺人生一場空，想知道如何積極過完下半生。

廖老師的建議

Fanny九年前被逼離婚，應該沒有為自己爭取到任何權利或贍養費，恐怕那時是因害怕得罪前夫那些「支持」妳的家人而不敢造次——Fanny其實自始至終都沒想過要離婚，也許那些前夫家人的支持，讓妳存有「有朝一日會和前夫復合」的幻想，所以最近回去照顧小孩，發現前夫與小三像一家人般相處，才會痛不欲生。

我必須殘酷的告訴Fanny：妳的婚姻早在九年前被逼離就完了！這九年前夫雖因他家人反對無法與小三結婚，可是他一次也沒回頭找妳，他是全心向著小三，而不只是「宛如一家人」。反過來看妳，九年來妳定居前夫家附近，走不出傷痛，也不工作、更未回家看孩子，妳只是在等待前夫來復合，完全放棄自己的人生。

這次的發現，也許可以讓妳死心。我期待妳回娘家、找個工作、有個寄託，或者會有另一個男人出現，或者沒有，都沒關係，一定要把自己從過去完全拔開，好好開始新生活。過去妳都沒作為，現在開始動起來！

至於孩子，妳九年不看他們，現在哪裡管得動？臨走前好好告訴他們妳的愛，離開之後，給他們寫寫信，有一天，他們會懂的。

案例二——披著誠實外衣的殘酷

陷入痛苦深淵的Irene問：結婚多年，她認為丈夫道德嚴謹，所以放任他自由；但近幾年無意中發現他和女同事有精神外遇（對方夫妻分隔兩地），經她規勸後，雖答應不再與其有瓜葛（夫已離職），但每隔一陣子就完全不顧太太的感受，一五一十將自己對女同事澎湃的思念和愛意，毫不掩飾的對她坦述，而且竟然像個熱戀少年，懇求她讓他和女同事見面，並且明白告訴她，他無法保證不會做出出軌的事；但他不離婚，希望兩者得兼。

Irene不知要如何走下去？

廖老師的建議

這麼自私、任性、殘忍又不負責任的男人，竟被Irene認為道德嚴謹，我真不懂妳是怎麼評斷一個男人的好壞？

Irene在丈夫殘酷的糾纏下，曾心傷暗示想要離婚；男人竟然厚顏表示：他對Irene還有愛意，兩頭都要！

這是什麼世界？什麼不要臉的男人？但也只有像Irene這麼好騙的女人才會被騙得團團轉，任其折磨而遍體鱗傷！

男人假誠實之名，逼迫太太替他的背叛和無恥背書！既要誠實之名，也要浪蕩之實，真是個壞透的殘酷偽君子！

Irene！該醒了吧！離婚是遲早的事，除非那女同事本身不能離婚，否則妳早晚會被休掉！不是真正辦手續，就是婚姻名存實亡。我勸妳要有心理準備，讓丈夫把房產和金錢拿出來安家，妳早點擺脱痛苦，和孩子過自己的日子；能如此，不管以後婚姻有無轉機，妳都可以不必進退失據。

萬一妳心軟，連他外遇都可以在妳允許下名正言順的進行，請問：妳沒有底限的容忍，怎麼對妳都可以，妳都會忍受，他又何必客氣？

第34計 放下不甘，重建生活

前言——不想離婚就別簽離婚協議書

夫妻之間管太嚴對方會反彈，但太放縱往往也會突然生變而措手不及。有些太太因自己也有工作，對先生的收入或諸種行徑不曾稍稍管束，更不曾考究。無法自律的男人，因此在外亂搞：揮霍、負債，搞掉半份家產。太太獲知後，以「不理他」做懲罰，男人卻在這時期搞外遇，太太發現婚姻竟毀在一個五十歲女子手上，整個崩潰！男人仍我行我素，沉浸在戀愛中。

還有元配是明知丈夫有外遇，仍在他的詐騙下簽下以為如他所說的「假離婚協議書」，而真的被他給離掉了！

女人啊！要聰明一點！不想離婚，就別簽任何真假離婚協議書！豈可隨意亂簽文書，而葬送掉自己的婚姻和可能有的權利？這起碼是常識，怎可輕易相信欺騙成性的丈夫？

案例一——被騙離婚無枝可依

自稱失敗女人的楊女士來信說：九十五年，前夫以她「在銀行曾有遲繳紀錄的信用瑕疵，會害他向銀行借不到錢」為藉口，逼她離婚，當時向她保證離婚只是為了方便向銀行借錢，其他一切都不會改變，他甚至可以寫一張字條給她。楊女士已知他在大陸有女人，卻依然「信任」他而乖乖簽字。從此前夫便當她是空氣，連話都不和她說，只多次叫她搬出住處。

九十八年前夫已和嫩妻在中國辦理結婚，今年六月接她來台，辦面談與結婚登記，前夫因此在外租屋一個月，傳簡訊叫楊女士放他走；更告訴婆婆：楊女士不走他走！婆婆因此也叫她出去。楊女士不甘心就這樣出去，一把輸掉家庭與孩子！老了只能住養老院……她萬念俱灰，不知能怎麼辦？

廖老師的建議

九十五年前夫巧言逼楊女士離婚時，楊女士確實處境堪憐，但大錯已鑄成，七年前前夫叫她簽字她就簽字，把對自己「婚姻存在」的最後保障輕易放棄，連丈夫本來答應要寫的保證字條「離婚後兩人一切仍如婚前」也沒要，很瀟灑就自動替前夫掃除了離婚最大的障礙——自己！妳以為妳有情分，他就會有情義嗎？現在，事已如此，我也只能鼓勵楊女士堅強自立了！

男人會以各種亂七八糟、莫名其妙的理由要求妻子「假離婚」，口頭甜蜜保證，賠盡小心，為的只是想不付半點代價將妻子掃地出門！會提假離婚的男人，不管心中有什麼鬼，最終目的都是要不花一毛錢就把元配鏟除！女人怎麼會看不透？

案例二——黃昏家變更傷神

五十五歲的不具名女性來信說：婚後她與丈夫薪水分開，男需支付水、電、瓦斯（好輕的負擔！），多年來她不曾細問明查，採取完全不理他，自己努力去考證照、並把兩個女兒養大，希望他會自我悔改的無為措施；直到小叔向她告發：丈夫在外宣稱他的薪水全數交給老婆，其實十幾年間，他非但貸了房貸，欠了卡債，自己和孩子們的保險也都貸了款……可以說掏空一切、而且負債累累。身為枕邊人竟全然不知！

丈夫除輕描淡寫交代說：「我只不過做股票失利，以前揮霍些，以後會省點。」此外不曾有絲毫悔悟。

某女士氣到兩年不理他，結果反而讓丈夫搞上一個四十七歲、在內科上班的小三。兩個人爬山玩水，他每天煮有機便當給小三吃，連女兒都看不下去，還每晚都出去約會。某女士願成全他，他卻不肯簽字，但也對小三不離不棄。一皮天下無難事，某女士卻因無法忍受二十七年婚姻毀在一個「五十歲老小姐」手上，精神形同崩潰，變成無厘頭瘋子，要怎麼走出來？

廖老師的建議

兩年來，某女士已形同放棄自己的婚姻。只是突然發現六十歲的丈夫，居然有了外遇，還宛如在戀愛之中，當然無法忍受！

我強烈建議妳先不要管他們，冷靜下來！別自己逼瘋自己！如妳已知悉此事半年以上，更應將此事視而不見，不要一直和他玩要不要簽字這種遊戲；誰都知道妳不甘心、現在離婚也不痛快。且先不理他，重建自己的生活，到時再看心情和情況。他已把財產挖空，你們也久未一起，坦白說就是個不甘心，讓時間克服它吧。

第35計
當小三就要有隨時分手的準備

前言——小三想變正妻，不成功很正常

有些女性因丈夫外遇離婚，而後成為他人家庭的小三；也有人卻是因自己外遇而導致離婚，繼之成為別人家的小三。她們外遇的男方都不願離婚再和她們結婚，即使她自己的婚姻是因這個外遇而破裂，男方也拒不離婚。守了十幾年眼看扶正無望，吵也沒用，儘管兩人共同創業，男方也堅不離婚娶她。

老實說，女方再等下去也不會等到情夫離婚娶她，並不是任何小三都可以攻破對手原本的家庭，完全要看男人頂不頂得住。小三要扶正，坦白說，必得先攻破人家好好的家，要使出大破壞力，才可圓夢，工夫比找無偶者多花一倍。雖然也常有成功的例子，但不成

功，無疑是正常的現象。

案例一——從元配到小三，依然漂泊

好強而左右為難的Jian Marian在歧路上徘徊：Jian為跳脫家貧，在二十五歲時閃婚，前夫家有資產，但她看不起他只有高中肄業，鄙夷排斥；雖生下二子，但婚姻不諧。後與高學歷又高能力的同事互相吸引發生婚外情，兩人與幾位老同事共創事業頗有斬獲，情夫主導公司運作，她則負責會計工作。婚後第十六年因她外遇曝光而離婚，獨力撫養二子。她與外遇對象共創事業有成，並維持十三年不倫關係至今（外遇和她婚姻共存了七年）。

但長期做他身後的女人，看清他執意堅守婚姻而兩人苦難修成正果，她離婚、他照舊維持婚姻，兩人常為此爭吵；她想走，卻怕公司大亂，影響同事飯碗；他不離，說是因自己是獨子，怕傷害父母和岳父母，寧可讓她被流言所傷，也要保有家庭的完整。走或不走，真是為難。

廖老師的建議

這是個什麼狀況？很簡單，我相信Jian自己也清楚得很！就如她所言：公司最大的那份金錢是他所得，他同時擁有元配的默許（也許他是這樣安撫太太：「那個會計是公司運作很重要的人，我對她沒感情，但我需要她繼續幫我們賺錢；為了這個，妳要忍耐……」我不確定他是怎樣安撫元配容忍小三，不過總要一些聽得進去的說辭）和Jian的支持，何樂而不為？怕傷害誰誰誰，都對！唯獨對Jian的傷害無所謂，這樣對嗎？

不過，做小三遇到這樣的男人，自己要覺悟，我不會一味勸離，因為，這麼久了，又付出這麼多，不甘心是一定的，要離也纏結甚多，剝除困難，並非每個人都離得開。我建議Jian先在心理上模擬分手，等自己真離得開、也準備好，再走。如果選擇留下，那就不怨不悔也別怕謗，如此而已！

案例二——都是小三惹的禍

為小三斷送婚姻、自己也成小三的Alice問：結婚二十四年的中階公務員Alice，婚前即知婆家負債，為愛不辭辛勞，與夫胼手胝足、償還債務、拉拔一雙兒女長大，幸福二十年。後丈夫外遇喚不回，兩年後離婚，在此一年前，Alice遇到另一個有偶的高階公務員，兩人有了不倫戀，即使在他遠調台北後仍熱情不退，但她卻在見不得光的愛戀中痛苦自責不已。到底要如何才好？

廖老師的建議

無疑的，即使Alice介入人家的婚姻，她仍不失為一個好女人，因為她知道婚姻被小三破壞的痛苦，所以自責不已，在男友調回台北之後，甚至向他提出分手而被男友拒絕。

可是，如果關係持續發展下去的話，這份感情所帶來的痛苦，應該會和時間成正比，因為，對Alice而言，男友是她的全部，感情日深，期盼越高；但妳只是男友的一部分，慢慢會發覺自己在暗影裡永遠見不得光，心裡會從有罪惡感到怨懟與不滿，而且又擔心這份婚外情會不會帶來流言和傷害；在萬一被發現之後，豈不也得再嚐一次分手的巨痛？

不錯，我相信男友在她的離婚之中助了一臂之力，藉著男友的熱情，Alice才轉移了離婚的傷痛，可以說：男友的階段性任務已經完成。但是，未來他應該不可能拋棄自己的家庭和Alice結婚吧？Alice還能期待他什麼？

我認為Alice不必即刻就和男友斷絕關係，這樣要求，勢必會讓她再劇痛一次；但Alice心中要有隨時可能分手的準備，並且在這段時間，勇敢走出暗沉的生活，多參加聯誼和有益身心的活動，把這段感情在心中的分量慢慢降低——不仰仗男人，就能自足快樂，這才是女人的王道。

第36計
鼓起勇氣，擺脫家暴恐懼

前言——家暴是種慣性

會家暴的男人都是慣性打人的，打人之後，有些會道歉說好話，但下次照樣打，而且打得更重。這幾年，被丈夫或同居人打死的女性好幾例，由著住在一起的男性毒打而不思離開，終會有被打死或打殘的一天。

沒有離不開的男人：下定決心離開，找庇護所、找警察求助，躲到他找不到的地方，隨便找個工作養活自己都比天天挨打好。女方沒工作，又有視障的孩子要養，可請律師打離婚官司爭贍養費。只要下定決心尋求助力，一定會有掙脫的一天。但首先一定得注意可以求救的機構，下決心、付諸行動。

案例一——
如何擺脫砍人的家暴前夫？

被砍被打、不知如何擺脫前夫的于婷來信：結婚半年因被家暴而判離，三年後前夫要再婚以電郵問她離婚判決官司進行如何，兩人聯絡上，前夫再婚不成，她以為他已改變遂與之復合。

因前夫在南部與黑道有嫌隙，兩人避走台中開店做生意。誰知同居後前夫家暴更嚴重，不管生意好壞，于婷都飽受打罵威脅，而且不知哪一句話會挑動他的神經而引來拳腳交加，甚至被砍，動輒得咎。

身邊的人對於她的遭遇只有冷言：「這一切都是自找的，沒事與他復合幹嘛？」于婷在這種求助無門的威脅之下，很想結束自己的生命；她生不如死。不知道能不能走出目前的恐懼、擺脫前夫這個惡魔？

廖老師的建議

通常家暴的施暴者，其暴力都是有習慣性的，長年被打被恐嚇的情況下，人很可能喪失反抗與改變的勇氣。于婷的前夫無疑是個有病的人，如果沒有離開，于婷不知哪天會被打死？我很奇怪三年多前于婷有勇氣訴離，現在為什麼變得如此畏縮？

首先，一定要離開這個男人！但他有暴力傾向，必須非常注意防範，以自己的安全為第一考量。除了報請警方處理保護之外，各地方都有婦女庇護所，于婷可以打探清楚，詢問如何求助。平時應將身分證等重要證件裝成小袋，順手可帶走。至於離開以後要去哪裡？很簡單！那個男人找不到或不敢去找的地方（他與黑道結下樑子的地方），就是妳去的地方。

沒有人應該、也沒有人能夠永遠活在恐懼之中。于婷勇敢站起來，不要與他正面衝突，要安全而保密的離開他！

案例二——家暴不斷卻不敢離婚

飽受家暴之苦的乖乖說：五十二歲的她結婚二十二年，有個視障的孩子二十歲，先生吃喝嫖賭樣樣都來，退伍七、八年來，夫妻吵得更凶，先生常摔東西、推倒飯菜、罵人、打人；她雖曾多次驗傷申請保護令，但在他好言相求下又撤銷。這次他用熱湯燙她，她真的申請保護令，並已開庭一次。先生揚言，只要他上法庭，就只有離婚一途，這又讓她害怕起來！她帶著視障孩子，身體又不好，怕養不起；而他有終身俸、有房租有地租……可不離又每天提心吊膽，如何是好？

廖老師的建議

人無法活在恐懼之中，更何況是打罵或更可怕的熱燙對待。婚齡二十二年，積弊已成，現在來談如何改善夫妻關係，為時已晚；更何況乖乖申請保護令已上了法庭，按照妳丈夫的個性，只怕不會善了，因此希望妳有最壞的打算和最好的準備。前者就是離婚，後者是給妳及視障的孩子在離婚後能有最好的生活保障。這兩件事情，如果藉助專業協助，比較有勝算。因此，如能找專業律師（或請婦女新知、晚晴婦女協會等義務律師）協助打官司、爭取贍養費及視障孩子的權益保障，可能比較有利（打官司可能需要七到十萬的律師費，申請保護令或可有義務性的社工協助，請盡力爭取專業幫忙）。

事情已發展到這個地步，即使妳不想離婚，只怕往後和妳先生相處也有困難；如果他記仇用其他方式報復，妳會更不好受。除非妳改變心境和態度，眼不見耳不聽，心淨不再與他爭吵，否則如何禁絕暴力？但是，妳可以忍耐嗎？有必要再這樣忍耐下去嗎？請自己斟酌。

國家圖書館出版品預行編目資料

戀愛,請設停損點 / 廖輝英著. -- 初版. -- 臺北市 : 九歌, 民102.07

面； 公分. -- (廖輝英作品集 ; 17)

ISBN 978-957-444-887-6(平裝)

855 102009283

廖輝英作品集 17

戀愛，請設停損點

作者　廖輝英
責任編輯　施舜文
發行人　蔡文甫
出版發行　九歌出版社有限公司
臺北市105八德路3段12巷57弄40號
電話／02-25776564・傳真／02-25789205
郵政劃撥／0112295-1
九歌文學網　www.chiuko.com.tw
印刷　晨捷印製股份有限公司
法律顧問　龍躍天律師・蕭雄淋律師・董安丹律師
初版　2013（民國102）年7月
定價　220元

書號　0110417
ISBN　978-957-444-887-6
（缺頁、破損或裝訂錯誤，請寄回本公司更換）